신중국미래기

신중국미래기 중국근현대사상총서 004

초판 1쇄 발행 2016년 2월 1일

지은이 량치차오
옮긴이 이종민
펴낸이 강수걸
편집장 권경옥
편집 정선재 양아름 문호영 윤은미
디자인 권문경
펴낸곳 산지니
등록 2005년 2월 7일 제14-49호
주소 부산광역시 연제구 법원남로15번길 26 위너스빌딩 203호
전화 051-504-7070 | 팩스 051-507-7543
홈페이지 www.sanzinibook.com
전자우편 sanzini@sanzinibook.com
블로그 http://sanzinibook.tistory.com

ISBN 978-89-6545-335-2 94820
        978-89-6545-329-1(세트)

＊책값은 뒤표지에 있습니다.
＊이 도서의 국립중앙도서관 출판예정도서목록(CIP)은 서지정보유통지원시스템
홈페이지(http://seoji.nl.go.kr)와 국가자료공동목록시스템(http://www.nl.go.kr/
kolisnet)에서 이용하실 수 있습니다.(CIP제어번호: CIP2015034888)
＊이 도서는 산지니출판사와 경성대학교 글로벌차이나연구소가 함께 기획하였습니다.

중국근현대사상총서
004 _____

신중국 미래기

新中國未來記

량치차오 지음 • 이종민 옮김

산지니

발간사

　금세기에 들면서 '21세기는 중국의 세기'라는 말이 회자한 적이 있는데 당시는 반신반의하는 분위기였다. 하지만 2008년 미국 금융위기 이후 중국이 G2의 반열에 오르면서 세계는 더 이상 이 말을 의심하지 않는다. 미국의 경제발전 원리인 워싱턴 컨센서스에 상대하여 베이징 컨센서스가 대두되었고, 중국이 지배하면 세계가 어떻게 변할 것인지에 대한 예측이 나왔으며, 더 나아가 중국의 사회실험이 신자유주의의 대안세계를 창출할 것이라는 기대감이 표출되고 있다.

　포스트사회주의 중국의 핵심적 가치를 공동부유사회 건설로 인식하는 정책 및 그와 직간접적으로 연계된 이론들을 보면, 생산수단의 사회화를 사회주의의 기본전제로 인식하는 전통적 이론의 틀에서 벗어나 있다. 이들은 소자산 계층과 그 재산권의 인정·확대를 통해 인민의 기본적 생계와 사회 안정의 근간을 마련하고, 국유자산의 수익을 사회복지 및 공공서비스의 재원으로 활용하려는 공통점을 지닌다. 과거 사회주의 중국이 무산자혁명론에 기대고 있었다면, 지금은 부유하고 자유로운 개인들의 연합체 건설을 꿈꾸는 이른바 유산자혁명론으로 나아가고 있는 것이다. 그야말로 자본주의와 사회주의 정책이 연계된 혼합발전의 길이지만 대안세계가 될 수 있을지는 불투명하다.

사실 중국의 이러한 임기응변식 행보는 아편전쟁 전후 세계 자본주의 체제에 편입된 이래 지속되어온 것이다. 근현대는 중국 현재의 문제가 발생한 근원지이자 다각적으로 출로를 모색한 실험장이었다. 전통의 속박을 강력히 부정하면서도 그 출로를 전통사상 내부에서 찾으려 했고, 서구 근대문명을 추구하면서도 그 그늘에서 발아한 사회주의·무정부주의 등의 진보사상에 대해 사유의 끈을 놓지 않았으며, 자본주의적 발전의 유효성을 인정하면서도 노동과 분배 문제의 중요성을 고민하고 있었고, 민족국가 건설을 목표로 하면서도 동시대 세계와의 긴장관계를 유지하고 있었다.

물론 근현대 중국의 텍스트에 현재의 대안이 속 시원히 나와 있는 것도 아니며, 오늘날의 입장에서 보면 그리 새로울 것도 없는 내용일 수 있다. 하지만 그 속에는 세상이 불투명한 오늘날의 텍스트에서 찾아보기 힘든, 어둠을 뚫고 나오는 미래의 빛을 발견할 수 있다. 그 빛은 20세기의 입구에서 미래 세상을 살아갈 후세들을 향해 비춘 것이지만, 불행하게도 그 빛은 전쟁과 혁명으로 점철된 극단의 시대에 막혀 오늘날의 우리에게 고스란히 전달되지 않았다. 이러한 단절로 인해 우리는 그들이 던진 삶에 관한 근원적인 질문을 계승하지 못하고 있다. 미래가 불투명해진 것도 이러한 단절과 연계되어 있으며, 다시 우리 시대의 문제가 파생되기 시작한 시점으로 돌아가 잊혀진 질문을 환기하는 일이 바로 대안세계를 찾아가는 길이 될 수 있으리라.

근현대 중국에 대해 우리는 근대화론에서 내재적 발전론에 이르기까지 다양한 시각으로 해석하고 있지만, 정작 그 시대의 고민이 담긴 텍스트들을 온전하게 읽어볼 기회가 적었다. 특히 근대 텍스트는 언어의 장벽을 넘기가 녹록치 않기 때문이다. 이에 총서를 기획하여 중국 근현대사상이 던진 삶의 근본문제와 대안세계의 의미를 이해하고, 나아가 우리 시대가 만들어가야 할 문명사회를 상상하는 유익한 사상자원이 되기를 바란다.

이종민

일러두기

1. 『신중국미래기』는 량치차오의 미완의 정치소설로 1902년 11월 14일 『新小說』 제1호에 처음으로 실렸으며, 1902년 12월 14일에 발간된 제2호, 1903년 1월 13일에 발간된 제3호, 그리고 1903년 9월 6일 발간된 제7호에 연재되었다가 1936년 『飮氷室合集·專集』에 수록되었다.

2. 1936년 중화서국에서 출판한 『飮氷室合集·專集』 89권에 실린 내용과 2008년 廣西師範大學出版社에서 출판된 『新中國未來記』를 저본으로 한다.

3. 량치차오가 단 주는 각주 그대로 처리하고 역자 주는 각주 번호 다음에 *표시를 한다.

차례

서언

　내가 이 책을 저술하려고 한 지 5년이 되었지만 결국 한 자도 쓸 수 없었다. 더군다나 그간 여러 가지 일을 맡고 있어서 날마다 조금의 틈도 없었으니 어떻게 이 글을 쓸 만한 여력이 있었겠는가? 그러나 이러한 책이 중국의 앞날에 커다란 도움이 될 것이라고 확신하여 한시라도 이 책을 쓰려는 의지가 약해지지 않았다. 그 후 책을 다 쓰고 나서 세상에 공개할 생각이었으나 수년이 걸려도 완성하지 못할까 걱정되어, 차라리 신문잡지에 연재하여 스스로를 채찍질하는 방식으로 조금씩 써내려가는 것이 아예 쓰지 않는 것보다 나을 것 같았다. 『신소설』 잡지를 출간한 연유도 바로 이 작품 때문이었다.

　이 작품을 쓴 것은 오직 보잘것없는 정견을 발표하여 해박한 애국지사들의 가르침을 받기 위해서였다. 이 작품의 우언(寓言) 속에는 매우 깊은 뜻이 담겨 있어서 건성으로 넘어가서는 안 된다. 그러나 이것은 우연히 떠오른 주관적인 생각이자 내 개인적인 말에 불과하여 반드시 실천 가능하리라고 확신할 수 있는 것은 아니다. 국가와 사회는 모두 유기체로서 현상이 매일 변화하기 때문에, 관중이나 제갈량이라 하더라도 올해의 일로 내년의 일을 예측할 수 없으며 더군다나 수십 년 후의 일은 말할 것도 없다. 하물며 학식이 부족한 나 같은 사람은 어떠하겠는가! 하지만 여러 문제를 제기하여 연구하고 국내의 뛰어난 사람들의 견해를 널리 구한다면 조금의 도움은 될 수 있을 것이다. 내 뜻은 실로 여기에 있다. 독자 여러분이 자그마한 성의를 알아주어 가르침을 아끼지 않고 질정을 해주신다면, 나의 이 책은 헛된 일이 되지 않을 것이다.

사람의 견해는 배움에 따라 진보하고 시대에 따라 변하는 것이다. 나의 경우에도 십년 동안의 사상과 담론을 살펴보면 이미 모르는 사이에 수차례의 변화가 있었다. 이 작품은 매월 한 권이 출간되고 한 권에 겨우 몇 회만 실리게 되어, 수년을 지속하지 않으면 책을 마칠 수가 없으니, 앞뒤로 모순된 생각이 얼마나 있을지 알 수가 없다. 더군다나 재능이 부족하면서도 일을 좋아하여 다른 일을 그만두고 이 작품에만 전념할 수도 없었다. 매월 이 작품을 위해 원고를 쓴 날도 2, 3일에 불과하여 숙고를 하더라도 완벽할 수 없었다. 구조가 혼란스럽고 말이 모순된다는 점을 나 역시 알면서도 피할 수가 없었다. 그래서 이 작품을 초고라 하고, 차후 수시로 수정하면서 아울러 뛰어난 분들의 질정을 받아, 혹 체제가 조금씩 갖추어지면 정본을 다시 쓰게 되기를 바랄 뿐이다.

이 작품의 처음 2, 3회를 쓰고 나서 다시 한 번 읽어보니 소설 같으면서도 아닌 것 같고, 야사 같으면서도 아닌 것 같고, 논저 같으면서도 아닌 것 같았다. 어떤 문체인지 알 수 없어 스스로 살펴보다가 실소를 터뜨리고 말았다. 그렇지만 정견을 발표하고 국가정책에 관해 논의하려고 했기 때문에 문체가 일반적인 소설과 조금 다르지 않을 수 없었다. 작품 속에 왕왕 법률, 규정, 연설, 논문 등이 많이 실려 있고 문장이 장황하여 아무런 재미가 없기 때문에 독자의 기대를 충족시킬 만한 점이 없다는 것을 안다. 잡지 가운데 다른 재미있는 글로 보상하기 바라며 정론을 좋아하지 않는 이는 항아리 뚜껑으로 사용해도 무방하다.

작품 속에서는 현재의 시대 상황에 대해 절대 관여하지 않았다. 실로 훗날 이러한 방식으로 국민을 구원할 사람이 있다면 당연히 미래 무명의 영웅을 기대해야 할 것이다. 이 작품은 순수한 고뇌의 산물로 현세에 집착하는 일이 전혀 없으니, 독자들께서 이 일은 누구에 관한 일이고 이 이름은 누구의 화신이라고 억측하여 의견이 대립되는 일이 생기지 않기를 바란다.

이 작품이 특별히 광둥에 대해 상세히 서술한 것은 광둥에 사심이 있어서 그런 것은 아니다. 오늘날 중국은 사회를 결성하여 협력해도 부족한데 어찌 특정 지역만을 편중할 수 있겠는가? 하지만 이렇게 된 것은 내가 본래 광둥사람이라 광둥의 일을 비교적 자세히 알고 있어서, 말에 조리가 있고 오류가 비교적 적을 수 있었기 때문이다. 그래서 지방자치 등의 일을 언급할 때 이 지역에 편중되었으며, 작품 속 인물들 역시 광둥 출신이 많을 수밖에 없었는데 바로 이러한 연유에서 비롯된 것이다. 그렇지 않았다면 어찌 광둥에 인재가 없다는 사실을 알면서도 그렇게 했겠는가? 독자들은 이 점을 양해하여 세상모르고 잘난 척하는 거라고 비웃지 않기를 바란다.

제1회

설 자

이 이야기는 공자 탄생 후 2513년 금년은 2453년 째 해인 서기 2062
년 금년은 2002년 임인(壬寅)년 정월 초하루에서 시작하는데, 바로 중국
전 인민이 유신(維新) 50주년 대축제를 거행하는 날이었다.[1]

그때 마침 세계평화회의가 새로 개최되고 있었으며 각국 전권대
신(全權大臣)들은 난징에서 주의 이미 평화조약에 서명한 상태였다.
하지만 세계평화협정 전문 가운데 우리나라 정부 및 각국 대표가
제기한 수십 건이 아직 협의를 보지 못하여 각국 전권대신들은 여
전히 중국에 머물러 공무를 처리하고 있었다.

---

1) ＊공자가 태어난 해를 통상 BC 551년이라고 본다면 이 해는 서기 1962년이 되는
   셈이다. 그런데 량치차오는 이 해를 1962년이 아닌 2062년이라 하고, 이 소설을
   쓰고 있는 금년을 1902년이 아닌 2002년이라고 하여 100년의 격차를 보이고 있
   다. 이것을 먼 미래의 일이라는 점을 부각하려는 량치차오의 '의도된 착각'이라고
   간주한다면, 이 소실의 이야기는 금년인 1902년에서 60년이 지난 1962년 사이의
   일이라고 할 수 있다.

우리가 축제를 거행하고 있는 터라 각 우방국에서는 군함을 보내어 경축을 하고 영국 국왕과 왕비, 일본 국왕과 왕비, 러시아 대통령과 영부인 주의 필리핀 대통령과 영부인 주의 헝가리 대통령과 영부인 주의 은 친히 와서 축하를 하였고 그 외 열강에서도 모두 중요한 흠차 대신을 파견해 경축의 뜻을 전하였다. 이들은 모두 난징에 모여 있어서 난징은 매우 분주하고 시끌벅적하였다. 당시 우리 국민은 상하이에서 규모가 성대한 박람회 개최를 결정하였다. 이는 결코 평범한 박람회가 아니어서 상업, 공산품 전시회뿐만 아니라 각종 학문, 종교에 관한 국제 토론회도 열리고 있었다. 대동세계라 할 수 있네. 각국의 대가와 박사들 수천 명 그리고 각국 대학생 수만 명이 모였다.[2] 곳곳에 연설 강단이 설치되었고 매일 강연회가 열려 쟝베이, 우숭커우, 충밍현까지 포함한 거대 상하이를 온통 박람회장으로 만들어버렸다. 넓다 넓네. 이 역시 이루 다 설명할 수 없다.

그 가운데 설명해야 할 한 단체가 있는데 바로 우리나라 경사(京師)대학교[3] 문학과 사학부이다. 그들은 우리 중국 역사의 특징을 발표하여 인민의 애국심을 고무시키는 한편 외국인에게 우리 염황 자손의 변천·발전사를 알리기 위해, 박람회장 정중앙에 대규모의 강좌를 개설하고 박사 30여 명을 추천하여 분야별로 강연을 하고 있다. 중국 정치사 강연도 있고, 철학사·종교사·경제사·재정

---

2) 종교학을 배우러 온 학생만 수만 명 정도이며 그 나머지는 얼마나 되는지 알 수가 없다.
3) *경사는 수도, 서울을 지칭하는 말이다.

사·풍속사·문학사 강연도 있어서, 이 또한 이루 다 설명할 수 없다.[4] 그 가운데 한 분야를 소개하자면, 현임 전국교육회 회장이신 문학박사 쿵(孔) 선생님의 강연이다. 쿵 선생님은 이름이 훙다오(弘道)이고, 자는 줴민(覺民)이며, 산둥 취푸(曲阜) 현 사람이다. 공자의 방계 후손으로 학자들은 그를 취푸 선생이라 부르는데, 올해 나이가 76세이다. 선생님은 지금 16세이다. 어린 시절 홀로 자금을 마련하여 일본, 미국, 영국, 독일, 프랑스 등 여러 나라에서 유학하였다. 유신운동시기 민간 애국지사들과 함께 국사(國事)를 위해 분투하다가 두 차례 하옥을 당했다. 천하의 근심을 우선하여 근심하였네. 신정부가 성립되어 국가헌법국 기초위원을 담당하다가 교육부 차관으로 전근하였고 건강문제로 사직한 후에는 민간 교육사업에 전력을 다하였다. 이로 인해 교육회 회장으로 천거되었다.

이제 본론으로 돌아가자. 연륜 높으신 박사님께서 이번에 강의하는 것은 어떠한 역사인가? 다름이 아니라 바로 우리가 제일 듣기 좋아하는『중국근육십년사』라는 책이다. 광서 28년 임인년(1902)에 시작해 올해 임인년까지 강연을 하니 딱 육십 년이 아닌가? 알고 보니 그렇구나. 이 육십 년은 중국의 생사존망이 결정되는 대전환기이자 용호상박의 쟁탈전이 벌어지는 대활극 시대라고 할 수 있다. 그 속에 놀라운 일, 괴로운 일, 슬픈 일, 기쁜 일이 얼마나 많

---

4) 중국 역사학이 앞으로 세계에서 가장 중요한 학문으로 된다는 것은 틀림이 없다. 세계 최대의 민족으로 수천 년 동안 특색을 배양해왔으니 누가 이에 견줄 수 있겠는가?

은지 알 수 없을 정도다. 정부와 개인의 각종 저술은 자질구레하게 많은 이야기를 하고 있지만, 참으로 상세하고 완비된 좋은 책은 나오지 않았다. 쿵 선생님의 학문과 문장은 그 시대에 최고로 뛰어났으며, 확실히 그 시대 최고였다. 게다가 사건들 모두 직접 경험한 것이어서 앞으로 직접 경험하게 될 것이다. 이야기가 한층 친절하고 흥미로울 것이라는 점은 말할 필요도 없다.

그때 경사대학교 및 전국교육회의 이름으로 공고가 나왔는데, 박사님이 박람회장 내의 사학회 강단에서 매주 월요일, 수요일, 금요일 오후 1시에서 4시까지 강연한다고 하였다. 2월 초하루가 바로 첫 강연일인데 입장권을 구입하고 강연을 들으러 온 남녀 청중들이 족히 2만 명은 되었다. 그중 천 명은 외국인인데 영국, 미국, 독일, 프랑스, 러시아, 일본, 필리핀, 인도 등 여러 나라 사람들이 참석하였다.

독자 여러분, 쿵 선생님이 중국에서 중국사에 대해 강연한다면 당연히 중국어를 사용할 것인데 그럼 외국인이 어떻게 알아들을 수 있겠는가? 그것은 우리나라가 유신을 한 이후 여러 학술분야가 신속하게 발전하여 유럽, 아메리카의 여러 나라에서 연이어 유학생을 파견하여 공부하게 하였다. 지난 통계에 따르면 전국 학교에 외국학생의 수가 총 3만여 명이고 졸업하고 귀국한 학생 수는 천 2백여 명이라고 한다. 이들은 당연히 중국어를 할 줄 알고 우리나라 최고의 학자가 강연을 하는데 어떻게 들으러 오지 않겠는가?[5]

한담은 그만하고. 그날부터 쿵 선생님이 강단에 올라 강의를 시작하자 사학회 간사가 속기사를 파견하여 옆에서 집필하게 하고, 『중국근육십년사』를 처음부터 끝까지 한 글자도 빠짐없이 기록하게 하였다. 속기를 하는 한편 매 글자를 전보로 쳐서 요코하마 신소설잡지사로 보내어 출간하게 하였다.

쿵 선생님이 무슨 내용을 강의했는지 알고 싶으면 다음 회를 보기 바란다.

---

5) 짐작건대 지금처럼 중국어만 배우지는 않았을 것이다.

제2회

쿵췌민(孔覺民)이 근대사를 강연하고
황이보(黃毅伯)가 헌정당을 조직하다

2월 초하루 12시 반, 청중이 모두 강당에 모이자 사학회 간사장이자 대학교 사학과 조교수인 린즈헝(林志衡)이 먼저 강단 두 번째 줄 좌측 계단에 올라 여러분들께 인사를 한 뒤 강연회 시작을 선언하였다. 그리고 쿵 박사님께서 이렇게 높으신 연세에 노고도 마다하지 않고 국민을 위하여 국가대사를 연설하는 것은 그야말로 이번 축제의 일대 기념비가 될 만한 일이라며 쿵 선생님께 감사를 표하였다. 인사 말씀이 끝나자 장내가 숙연해지고 모두들 쿵 선생님을 공손히 기다리고 있었다. 나는 육십 년을 기다린 셈이다.

1시 정각 쿵 선생님은 국가가 제정한 예복을 입고 가슴에는 국민이 수여한 훈장, 헌법조사시기 각국에서 받은 훈장 및 교육회에서 수여한 훈장 등을 달고 의젓하고 패기가 넘치면서도 온화함을 잃지 않는 표정으로 천천히 강단에 올랐다. 청중이 모두 기립하여 경의를 표하였는데, 환영의 박수 소리에 산이 무너지고 파도가 용솟음치는 듯 했다. 청중들이 자리에 앉자 장내가 다시 정숙해졌다.

쿵 선생님은 열정 가득한 표정으로 먼저 입을 열었다. "여러분, 여러분, 오늘은 모두가 나라 사랑하는 진실한 마음으로 강연회에 참여하였습니다. 제가 아무 이유 없이 감정이 북받쳐 오르는 게 아닙니다. 60년 전에 오늘 같은 날이 있을 줄 생각이나 했겠습니까? <u>오늘은 무슨 날인가?</u> 또 오늘 같은 날을 감히 바랄 수 있었겠습니까? <u>오늘은 무슨 날인가?</u> 우리가 오늘날 이만한 국력을 가지고 이만한 영광을 누리게 된 데에는 반드시 감사드려야 할 세 가지 일이 있습니다. 첫째, 외국의 침략과 압박이 극심해지자[1] 인민의 애국심이 깨어난 일입니다. 둘째, 민간 애국지사들이 나라를 위해 목숨을 바치고 백절불굴의 의지로 마침내 대업을 이루어낸 일입니다. 셋째, 예전의 영명하신 황제께서 시대의 흐름을 통찰하여 각종 논란을 물리치고 권력을 인민에게 돌려준 일입니다. 이 세 가지 일이 바로 제가 이야기할 60년사의 전제라고 할 수 있습니다.

세 가지 일 가운데 두 번째 일이 책 전체의 핵심입니다. 여러분, 국가가 성립되기 위해선 민덕(民德), 민지(民智), 민기(民氣) 세 가지가 구비되어야 하는데, 민지는 개발하기가 용이하고 민기는 북돋우기가 용의하지만 민덕의 덕목만은 양성하기가 제일 어려운 것이라는 점을 알아야 합니다. 민덕이 없다면 민지, 민기가 원만하게

---

1) 도살장 문을 지나면서 입을 아귀작거리면, 고기를 먹는 것은 아니지만 기분은 상쾌해진다.

발달할 수 없습니다. 민지를 갖추었다 하더라도 이는 무기를 적군에게 빌려주고 식량을 도둑에게 바치는 것에 불과합니다. 또 민기를 갖추었다 하더라도 이는 일시적인 객기일 뿐이며 잠시 좌절을 겪고 나면 바로 사라져버릴 것입니다.

60년 전에 우리나라가 그토록 쇠약하게 된 것은 모두 도덕이 부재한 소치가 아니겠습니까?[2] 그때 낡은 정당은 부패하고 천박하여 행동거지가 금수와 다름이 없었습니다. 그리고 민간의 애국지사라고 칭하는 자들도 사욕으로 배를 꽉 채우고 지사들 잘 들으시오. 변화무쌍하고 교활하며 지사들 잘 들으시오. 경솔하고 성급하며 지사들 잘 들으시오. 의심이 많고 각박하며 지사들 잘 들으시오. 산만하고 난잡하며 지사들 잘 들으시오. 연약하고 비겁했습니다. 이자들의 심술과 행동거지는 바로 낡은 정당과 한통속이며 어떤 자들은 오히려 낡은 정당보다도 못했습니다. 만약 훗날의 애국지사들이 기해년, 임인년 시기의 애국지사와 마찬가지였다면 우리 중국은 이미 망하고 말았을 겁니다. 지사들 잘 들으시오. 이는 저의 잔소리가 아닙니다. 사실 우리 신중국의 생사존망은 모두 이 점에 달려 있습니다. 이 점을 뺀다면 나의 60년사 역시 이야기할 게 없어질 것입니다.

한담은 그만하고. 60년사 강의는 모두 여섯 개 시기로 나뉩니다.

---

2) "잠에서 깨어나 새벽 종소리 들으니 나를 깊이 반성케 하네."(여자: 이 구절은 두보의 시 「遊龍門奉先寺」에 나오는 구절이다.) 세상의 모든 애국청년들이여 매일 이 말을 세 번 반복하시오.

1. 예비입헌(豫備)시기: 연합군이 베이징을 함락한 시기부터 광둥 자치(自治) 시기까지

2. 분치(分治)시기: 남방 각성의 자치 시기에서 전국 국회 개설 시기까지

3. 통일(統一)시기: 제1대 대통령 뤄짜이톈(羅在田)[3] 임기부터 제2대 대통령 황커챵(黃克强) 임기 만료까지

4. 국부축적(殖産)시기: 제3대 대통령 황커챵 연임 시기부터 제5대 대통령 천파야오(陳法堯) 임기 만료까지

5. 대외경쟁(外競)시기: 중국 러시아전쟁 시기부터 아시아 각국동맹회 성립 시기까지

6. 비약(飛躍)시기: 헝가리회의 이후부터 지금까지[4]

이것은 책 전체의 대략적인 목차라고 할 수 있습니다. 여기서 여러분께 양해를 구할 말씀이 있습니다. 저의 강의는 비록 광명정대한 국사이긴 하지만 저술가의 체례를 따르지 못할 뿐만 아니라 학교의 정규 수업과 같은 원칙도 지니지 못한다는 점입니다. 자질구레한 일화들, 즐겁고 슬프고 놀랍고 우스운 이야기들이 책 속에 쓰여 있을 뿐만 아니라, 중요한 규정과 장쾌한 연설도 모두 수록되

---

3) 이 분은 누구인가? 『북위효문기(北魏孝文紀)』를 읽어보면 이 이름의 연원을 알 수 있을 것이다.
4) 이 여섯 시기는 중국이 반드시 거쳐야 할 단계이니, 독자들은 자세하게 감상하기 바란다.

어 있기 때문입니다. 사학자의 정통이 아니라는 점을 잘 알고 있지만 그렇게 한 데에는 두 가지 이유가 있습니다. 하나는 애국지사들이 경험한 제일 감동적인 일을 기록하여 사람들에게 유신 사업이 얼마나 많은 파란을 겪었는지 알림으로써 국민의 기개를 자연스럽게 진작시키기 위해서입니다. 다른 하나는 요코하마 신소설잡지사 책임자가 저의 강의를 책의 토대로 삼을 것이라면서 소설 체제로 써달라고 재삼 부탁했기 때문입니다. 제가 만약 이 책을 사마천[龍門][5]의 『사기』나 사마광[涑水][6]의 『자치통감』처럼 쓴다면, 소설 보는 사람들을 지루하여 졸게 만들고 책을 다 볼 수 없게 할 것이 아닙니까?" 장내의 청중들이 박수를 치며 크게 웃는다.[7]

그때 쿵 선생님은 잠시 휴식을 취하고 나서 다시 강단에 올라 강연을 하였다. "여러분, 우리 신중국의 기초가 어떠한 일에서 비롯된 것인지 알고 있습니까? 그중에는 간접적 요인, 직접적 요인, 총체적 요인, 개별적 요인이 많이 있지만, 제가 보기에는 60년 전에 창립한 '입헌기성동맹당(立憲期成同盟黨)'이 가장 중대한 요인이라고 생각됩니다. 이 당의 이름을 어떻게 해석해야 할까요? 당시 애국지사들은 중국에 입헌 정치체제가 실행되기를 희망했습니다. 반드시 성공하기를 기대하면서 서로 동맹을 맺어 이 당을 창립했는데 대중의 힘을 모아 목표를 달성한다는 뜻에서 이 이름을 사용한 것입

---

5) *龍門은 사마천이 태어난 고향으로 陝西省 韓城縣에 위치한다.
6) *涑水는 사마광이 태어난 고향으로 山西省 眞縣에 위치한다.
7) 쿵 선생님이 우리를 친절하게 대해주신 점에 대해 매우 감사드린다.

니다.

이 당을 약칭하여 '헌정당(憲政黨)'이라고 합니다. 여러분, 이 일이 어떻게 신중국의 기초라고 할 수 있는 걸까요? 일국의 정치개혁은 당의 힘을 빌리지 않고서는 이루어질 수 없다는 점을 알아야 합니다. 헌정당은 이전의 모든 민간 단체의 종결이자 그 뒤에 출현할 모든 정당의 효시가 됩니다. 이 정당이 없었다면 중국은 분치와 통일의 대업을 이뤄내지 못했을 겁니다. 다른 대업은 더 말할 나위가 없겠지요. 본래 우리나라에는 광서 임인년 이전부터 민간 애국지사들이 있는 곳이 많았는데, 연이어 단체를 조직하여 구국을 도모하였습니다. 베이징에 '강학회(強學會)', '보국회(保國會)', 후난에 '남학회(南學會)' 등이 있었으며, 모두 중국의 부강을 목표로 했습니다. 그러나 실력부족과 집권자들의 시기 탄압으로 인해 얼마가지 않아 금지되고 해체되었습니다.

그 후 '보황회(保皇會)'가 해외에서 흥기하자 백여 곳의 항구에서 호응하여 그 기세가 제일 컸으며, 곳곳에서 혁명 단체들이 잇달아 창립하기 시작했습니다. 또 명말 이래 설립된 비밀결사 단체 이른바 '가로회(哥老會)', '삼합회(三合會)', '삼점회(三點會)', '대도회(大刀會)', '소도회(小刀會)' 등이 있었는데 명칭은 제각각이었습니다. 모두가 우매하고 부패하기는 했지만 단체의 규모가 매우 커서 은연중에 나라의 잠재적인 세력이 되었습니다. 두렵구나. 혁명당은 이러한 단체들 속에서 활동을 하며 차분하게 개혁을 도모했습니다. 하지만 제가 좀 전에 얘기한 많은 단체들은 사대부들이 창립한 것도 있고 상인들이 창립한 것도 있고 또 하층 사회에서 이루어진 것도 있어서, 취지뿐만 아니라 수단도 달랐으며, 상이한 신분들이 서로 혼종되어 통일성이 없었기 때문에, 커다란 성취를 이룰 수 없었습니다. 헌정당이 결성되면서 이전의 모든 단체의 중요 인물들이 그 안으로 망라되어 한 마음으로 협력하고 대사를 함께 상의하였습니다. 이렇게 하지 않으면 어떻게 일을 이룰 수 있었겠는가? 이러하니 헌정당을 이전의 모든 민간 단체의 종결이라고 하는 것이 아니겠습니까? 그렇군요.

유신 이후를 얘기하도록 합시다. 우리나라의 3대 정당 이른바 '국권당(國權黨)', '애국자치당(愛國自治黨)', '자유당(自由黨)' 세 개의 좋은당 은 항상 국가의 정치권력을 장악하여 오늘날까지 이르고 있습니다. 이 세 정당은 여러분이 익히 들었을 것이라 생각됩니다. 나는 아직 들어본 적이 없다. 비록 하나는 중앙정부의 권력을 주장하고 국권당 다른 하나는 지방자치의 권리를 주장하고 애국자치당 또 다른 하나는 민간 개개인의 행복을 주장합니다. 자유당 그 취지가 각기 달라 항상 서로 반대하며 격렬한 논쟁을 합니다.

그렇지만 이 3대 정당의 지도자와 창시자는 모두 예전의 헌정당 당원이기 때문에, 3대 정당은 헌정당의 세 아들이라고 해야 할 것입니다. 이러하니 헌정당을 그 후에 출현할 모든 정당의 효시라고 하는 것이 아니겠습니까?[8] 그렇군요. 헌정당이 이토록 중요한 만큼

---

8) 미래의 중국에 반드시 이 세 정당이 있어야 한다는 것은 회피할 수 없는 사실이다. 미국의 양대 정당 가운데 하나는 중앙집권을 주장하고 다른 하나는 연방분권

이 자리에서 당의 강령 가운데 가장 중요한 조목을 뽑아 암송할 테니, 여러분 잘 들어주십시오. 경청하세 경청하세.

여러분, 첫째, 이 당은 가장 온화하고 공평하며 인내심이 많다는 점을 알아야 합니다. 당헌 제3절과 제4절에서 다음과 같이 말하고 있습니다.

제3절: 우리 당은 전 국민이 향유해야 할 권리를 옹호하고 전국의 평화와 완전한 헌법 취득을 목표로 한다. 헌법은 군주제, 민주제, 연방제를 막론하고 국민의 뜻에서 나오고 국민의 공론을 통해 이루어진다면 완전한 헌법으로 인정한다.[9]

제4절: 우리 당은 이러한 목표를 갖고 전진하되 후퇴하지 않으며, 목표를 달성할 때까지 중단하지 않는다. 그러나 부득이한 때가 아니라면 절대 급진적이고 과격한 수단을 경솔하게 취하지 않는다.

둘째, 이 당은 가장 관대하고 가장 평등하다는 점을 알아야 합니다. 당헌에서 다음과 같이 말하고 있습니다.

제7절: 중국 국민으로서 우리 당의 취지에 동의하는 자라면 어떤 사람이든 관계없이 모두 입당할 수 있다.

제8절: 당원은 관료, 토호, 지식인, 상인, 남녀, 직업에 관계없이 당

을 주장하고 있다. 각국의 사회당은 개인의 행복을 주장한다.

9) 이 절에는 쓸데없는 구절이나 글자가 하나도 없다. 건성으로 읽지 마시오.

에서의 권리와 의무가 모두 평등하다.

셋째, 이 당은 가장 질서정연하고 엄숙하며 체계적이라는 점을 알아야 합니다. 이 당은 문명국이 국가를 통치하는 방식에 따라 당을 운영하며[10], 의사(議事) 입법 판사(辦事) 행정법 감사(監事) 사법 의 각종 권한을 명확히 구분합니다. 제5장 12절, 13절, 14절, 15절 등의 절에서 열거하는 당의 인사를 보면 명료해질 것입니다.

우리 당은 회장 1명[11]을 배정하여 당을 대표하고 모든 사무를 집행한다. 부회장 1명을 배정하여 회장의 업무를 보조하고 회장 유고시에 회장을 대리한다. 회장, 부회장은 모두 전 당원의 투표를 통해 공개적으로 선발한다.[12]

평의원 100명을 배정하여 당의 사무를 토론하고 당헌 수정을 제의하며 당의 경비를 조사하고 기획한다.[13] 모든 평의원은 본부 및 각 지부 구역에서 투표로 선발한다.(그러나 2년마다 의원의 반을 다시 선발하며 재선자는 연임할 수 있다.)

⑩ 간사장 1명을 배정하여 당의 모든 사무를 처리한다.[14] 간사장

---

10) 현재 각국의 모든 작은 단체들은 지방자치 단체, 상무 단체, 자선 단체를 막론하고 모두 국가를 통치하는 법으로 운영하고 있다.

11) 한 단체의 원수(元首)

12) 이는 미국에서 대통령을 선거하는 방법이다.

13) 한 단체의 입법기관

14) 한 단체의 행정기관

은 회장이 임명하고 간사는 간사장이 추천한다.[15] 간사장, 간사는 평의원들이 토론한 의견, 공인된 당헌을 받들어 수행하고, 평의원들을 위해 책임을 다한다.[16] 간사의 직무는 다음과 같다. 문안(文案) 간사 1명. 회계부 간사 1명. 회계감독 간사 1명. 교육부 간사 1명. 지부총괄 간사 1명. 당외교섭 간사 1명, 국제교섭 간사 1명. 당내분쟁재판 간사 1명.(당내분쟁의 재판은 사법기관이 한다. 최근 각 국에서도 사법권이 행정에 예속되는 경우가 많다.)

이렇게 볼 때, 이 당의 취지와 사무방법은 60년 전 문명이 발아하는 시기에 매우 격식에 맞고 완비된 것이라고 할 수 있습니다. 당헌은 모두 9장 25절로 되어 있는데, 여러분이 싫증을 낼까 염려되어 전문을 암송하지는 않겠습니다. 전문을 들어보지 못해 애석하고 애석하다.

이 당은 초창기에 당원이 백 수십 명에 불과했고 상하이에서 창립하여 본부를 설립하였습니다. 하지만 각자 열심히 활동하고 아울러 이전의 각 단체 이름을 바꿔 합병하여, 3~4년 만에 각성의 성도와 해외 각국의 중국 식민지가 있는 곳에 모두 지부를 설립하였다. 각 주(州), 현, 시, 진(鎭), 촌(村)과 해외의 작은 항구도시에 소지부를 설립하여 지부의 총수는 28개,[17] 소지부는 1만 2천여 개가 되

15) 이는 각 입헌국가에서 내각을 조직하는 방법이다.
16) 내각책임제
17) 18개 성에 각각 지부 하나가 있고 둥베이 3성, 신장, 일본, 남양군도, 베트남,태

었습니다. 광둥 자치 시기까지 헌정당의 당원 수는 이미 1천 4백여 만 명에 이르렀는데, 광둥 한 개 성에 4백여 만 명, 나머지 각 성에 모두 9백여 만 명이 있었습니다. 그야말로 모두가 입을 모아 외친다면 임금님도 깊이 감동시키고 간신들도 넋을 잃게 만들 정도였으니 광둥자치의 헌법을 성사시키게 된 것입니다. 연이어 각 성에서도 끊임없이 거사가 일어나 마침내 오늘날의 국면을 만들었습니다. 이것은 여러분들도 이미 대략 알고 있는 일이라고 생각합니다. 나는 오늘에서야 알게 되었습니다만. 그 후의 일은 나중에 다시 얘기하겠습니다.

여러분, 헌정당은 도대체 무슨 방법으로 이렇게 융성하고 튼튼하게 된 것일까요? 이 늙은이도 자세하게 설명할 수 없고, 단지 당 창립 초기 공동으로 기초한 사무조목을 한번 읊어보도록 하겠습니다.

입헌기성동맹당 사무조례

(대강) 의무의 분담. 우리 당은 국민의 공당이기 때문에 모든 당원은 반드시 국민이 다해야 할 의무를 수행해야 한다. 그러나 국민의무의 범위가 너무 광범위하여, 지금은 당의 목표를 이루기 위해 반드시 준비해야 할 것을 골라 당의 의무 8대 조목으로 선정한다. 모든 당원은 반드시 한 조목 이상을 의무로 인정해야 한다. 우

국, 필리핀, 아메리카, 호주, 호놀룰루에 각각 지부 하나가 있으니, 모두 합하면 28개 지부가 된다고 생각된다.

리 당원들이 몸소 책임을 짊어진 만큼 반드시 책임을 담당할 만한 능력을 구비해야 한다. 그래서 자신의 재능이 어떠한 의무를 담당할 수 있는지 살펴보고, 이를 위해 준비하고 단련하여 실제로 쓰일 수 있도록 하며 빈말이 되지 않도록 해야 한다.[18] 예컨대 각종 학문을 강구하거나 각종 실정을 고찰하고 각 지방을 돌아다니는 것은 모두 사무능력을 갖추기 위한 방법이다. 우리 당원들은 모두 스스로 분발해야 한다.

(조목 1) 당 세력의 확장. 우리 당원들은 당의 취지가 중국 구원이라는 유일한 목표에 있다고 인정한 만큼, 이 취지를 전국에 널리 전파하여 동지들을 더 많이 규합하고 당의 세력을 확충하여, 우리나라 미래의 행복을 증진시킨다.[19] 모든 당원은 이를 가장 중요한 의무로 삼아야 한다. 확장 방법으로 유세나 연설을 하고, 책을 쓰거나 신문을 만들고, 정계에 들어가 세력을 양성하고, 군대에 들어가 군인을 개량하고, 노동자 속으로 들어가 어리석은 백성을 계몽하고, 학생이 되어 동지들을 조직하고, 비밀결사에 들어가 부패한 수단을 개혁하고, 해외 각지를 돌아다니면서 화교를 조직하는 등 모든 방법을 적용할 수 있다.

(조목 2) 국민의 교육. 우리 당은 입헌을 취지로 삼은 만큼, 우리

---

18) 대개 호언장담은 전혀 자신할 수 없는 말이다. 매일같이 구국을 외치는 자는 자신을 속이는 게 아니라면 남을 속이고 있는 것이다.
19) 당의 세력 확충은 이기심에서 나온 것이 아니라는 점을 알 수 있다.

국민이 입헌 국민의 자격[20]을 지닐 수 있도록 양성해야 한다. 그래서 교육은 우리 당의 제일 큰 사업이다. 입당한 자나 입당하지 않은 자의 자녀를 막론하고 우리 당은 모든 국민의 자녀들을 분별하지 않고 교육받게 할 책임을 지닌다. 교육사업: (1) 교사 양성(당원 가운데 재능과 성격이 적합한 자가 이 일을 맡아야 한다.) (2) 학교의 광범위한 설립(우리 당의 당사가 있는 곳마다 부속학교를 설립하고 점차 확충하여 중고등학교와 대학교를 설립한다.) (3) 교재 편찬(이는 교육의 기초이다. 우리 당은 애국정신을 발양하기 위하여 이 일을 더욱 자임해야 한다.) (4) 역서 출판(우리 당은 자체 출판사를 설립하여 역서를 광범위하게 출판한다.) (5) 직업 교육(농업, 공업, 상업 등 전문 직업 교육을 통해 국력을 키운다.) (6) 보충수업 교육(나이가 들어 학업을 중단하거나 빈곤으로 생계유지를 위해 진학하지 못한 사람을 대상으로 우리 당은 특별히 야간학교와 주말학교를 설립하여 기본 교육을 실시한다.) (7) 문자 개혁(우리나라가 교육이 보급되지 못한 이유는 문자가 너무 어렵기 때문이다. 우리 당은 이 문제에 대한 연구에 신경을 써서 반드시 새로운 문자를 만들어 학계에 편리를 제공해야 한다.) (8) 유학생 파견(우리 당은 힘이 조금 강화된 후에 젊은 영재들을 유럽과 미국에 유학을 보내어 선진적인 지식을 습득케 해야 한다.)

(조목 3) 상공업의 진흥. 우리나라는 물산이 풍부하고 토지가 비옥하기로 세계의 으뜸이지만, 대중정치가 흥성하지 않아 당의 힘이

---

20) 이 자격은 정말로 쉽게 얻을 수 있는 게 아니다.

위축되어 있다.[21] 현재 대상회(大商會)를 조직하여 우리나라에 설치하고, 은행, 우편, 선박, 철로, 광산개발 등과 같은 각종 사업을 펼치고, 도자기, 비단, 차, 융단, 술, 종이 제작 등과 같은 각종 기술을 발전시켜, 외국과의 이권 경쟁에서 우리나라의 실력을 강화하려고 한다.

(조목 4) 국정 조사. 오늘날 유신 개혁이 시급하다는 것은 모두 알고 있다. 그렇지만 개혁의 체계와 항목이 어떠해야 하는지, 어떤 지방에는 어떤 이익을 진흥시키고 어떤 지방에는 어떤 폐단을 개혁해야 하는지에 대해서는 그 누구도 일일이 상세하게 말하지 못한다. 그것은 우리나라 영토가 너무 크고 교통이 불편하여 마치 외국을 돌아다니는 것 같기 때문이다. 정부는 지금껏 이에 관한 통계 보고의 업무를 수행하지 않았다. 그래서 국민은 시종 나라의 실정에 대하여 무지한 상태인데, 현명하고 지혜로운 사람이 있다 하더라도 어찌할 수가 없는 일이다. 우리 당은 국사를 자임하기로 한 만큼,[22] 오늘날 이 일에 힘을 쓰지 않다가 국민이 갑자기 책임을 맡겼는데 임무를 다하지 못해 실패한다면 그 죄가 실로 크다고 할 것이다. 그래서 지금 위원 몇 명을 배정하여 10년에 걸쳐 각 성을 두루 다니고, 도시에서 촌락에 이르기까지 모두 체험하

---

21) 오늘날은 경제 경쟁의 세상이기 때문에 이에 주력하지 않으면 나라를 세울 수 없다.

22) 오늘날 민간 애국지사들은 오로지 정부 공격하는 것만 안다. 그러나 자신과 상대방의 위치를 바꿨을 때 자신이 과연 상대방보다 뛰어난 능력을 지니고 있는지 살펴보아야 한다. 이는 오늘날 시급히 준비하지 않으면 안 되는 문제이다.

고, 국정을 조사하여 수시로 보고하고, 자료를 모아 연구를 하려고 한다. 현재 다음과 같은 분야의 조사를 시행하려고 한다. (1) 지리 조사 (2) 호구 조사 (3) 정치폐단 조사 (4) 국가경제(정부의 재정) 조사 (5) 민속 조사 (6) 국민재산 조사 (7) 국민직업(진흥시켜야할 모든 공업을 포함한) 조사 (8) 물산(광산 등을 포함한) 조사 (9) 사업(진흥시켜야하나 아직 진흥되지 못한 사업) 조사 (10) 군대행정 조사 (11) 교육 조사 (12) 회당(비밀결사만을 가리킴) 조사 이상의 각 항목에 각각 전임자를 파견하고, 한 성에 한 사람을 파견하거나 혹은 여러 성에 한 사람을 파견하는 일은 상황에 따라 결정한다. 조사하여 얻은 자료는 수시로 나열하여 통계한 후 기록하여 우리 당의 본부에 보고하고, 당 신문에 게재하여 연구 자료로 제공한다. 특별히 중대한 사건이 발생하면 임시 결의를 통해 특별 조사위원을 파견한다.

(조목 5) 정무 연습. 입헌국가의 국민은 모두 정치상의 지식과 경험을 갖춰야만 입헌의 실익을 향유할 수 있다. 현재 조정은 개혁의 뜻이 없지만 우리국민이 정무를 연습하려고 한다면 개혁의 여지가 없는 것은 아니다. 우리 당원은 모두 고향으로 돌아가 마을을 정돈함으로써 자방자치 제도의 기초로 삼아야 한다. 실질적인 것이 우선이며 이름에 얽매일 필요가 없다. 서구국가의 민권의 흥기는 모두 자치권을 우선으로 하고 참정권을 다음으로 했기 때문이다. 자치기초가 확립된다면 훗날 국회를 연다 하더라도 이는 기존의 범위를 확대한 것에 불과하며 입법, 행정의 두 기관은 이

미 사무에 숙련되어 있는 상태일 것이다.[23] 그리고 본부, 지부, 소지부의 각 회소(會所)에서 정치적 경제적 문제를 제기하면 회의를 개최하여 서로 토론하는데, 각국 의회의 정규적이고 엄격한 회의 방식을 따른다. 양대 정당을 가상하여 서로 자신의 이념을 바탕으로 논쟁을 벌인다면, 자연히 진리를 얻을 수 있고 훗날 국회에 참여하더라도 정책 시행에 여유가 생길 것이다.

(조목 6) 의용군의 양성. 오늘날 제국주의가 성행하는 세상에서 국민의무병[軍國民主] 제도를 취하지 않는 한 자립할 수 없다는 것을 우리 당원 개개인이 명심해야 하며 각자 국방을 최고의 의무로 간주해야 한다. 우리 당이 설립한 학교에서는 모두 엄격한 군대식 체조를 활용해야 한다. 우리 당이 설립한 공장 및 개간지, 광산 등 사업장에서 노동자의 수가 조금 많아지면 항상 군사사상을 교육해야 한다. 우리 당원 가운데 자신의 고향에서 자치 제도를 실행하는 자는 반드시 방위제도를 통해 향촌을 관리하여, 훗날 국가가 징병령을 내릴 때 전국이 무장될 수 있도록 힘써야 한다.

(조목 7) 폭넓은 외교. 우리 당은 위원을 여러 나라에 특별히 파견하여 체류케 하면서 외국의 정무를 조사하고 서로 정보를 교환한다. 또한 당원이 개인 자격으로 다른 나라를 방문할 경우 그 나라

---

23) 현재 각국 대학교 학생들은 보통 해마다 이런 형식의 회의방식을 한두 차례 사용하는데, 의회의 정규적이고 엄격한 절차를 따르는 것은 모두 정무 연습을 하기 위해서이다.

정부와 민간의 명사, 정당 지도자와 만나 교류하여 장래 외교 사무 처리에 도움이 되어야 한다.

(조목 8) 법전의 편찬. 입헌국가는 반드시 법률을 국민에게 공포하여야 한다. 세계가 문명화될수록 인간사가 더욱 복잡해지며 법률도 이에 따라 번다해지기 마련이다. 오늘날 각국의 법률 서적은 무수히 많은데 그것은 하루아침에 완성된 것도 아니며 한 사람에 의해 정해진 것도 아니다. 우리나라는 법률사상이 오랫동안 결핍되어 있는데, 훗날 우리 당의 목표가 달성되어 국민과 함께 나라를 다스리게 된다면 각종 법전은 어느 하나라도 미룰 수 있는 것이 없다. 그때 가서 편찬을 시작하면 10년의 시간이 소요되기 때문에 너무 늦어버리게 된다. 우리 당은 한가한 시간을 활용하여 먼저 이를 준비하려고 한다. 법률에 통달한 학자 몇 명을 특별 파견하여 법전 편성위원회를 구성하여 헌법, 행정법, 민법, 상무법, 형법, 소송법 등을 나누어 편찬한다.[24] 또 세계에 통행되는 법률을 널리 수집하여 그 연혁을 고찰하고 중국에 적합한 것을 골라 책으로 편찬하며, 세상에 반포하여 국민이 이를 연구하게 하여 빠진 부분을 보충하고 잘못된 부분을 교정한다. 훗날 정치체제가 확립되어 정부에서 법무부를 설립할 때 이 책이 바로 저본이

---

24) 8대 조목 가운데 여섯 번째 조목은 모든 사람의 마음속에 공존하는 것이다. 국정 조사, 법전 편찬의 두 가지 조목만은 불세출의 대업이라 정부의 힘이 아니고서는 절대 성사시키기 어려운 일이다. 그러나 저자는 민간의 힘으로 감당하고자 하는데, 그의 위대한 소망과 웅장한 기백은 소인들의 말문을 막히게 할 정도다.

될 수 있으며, 또 전문 석학들의 분석과 개정을 거치면 반포 시행할 수 있을 것이다. 노력에 비해 성과가 적겠지만 장래 입법 행정에 도움이 될 것이다.

쿵 선생님은 이 조목을 다 읽은 뒤 잠시 휴식을 취하고 나서 다시 강의를 시작하는데 감탄을 금치 못하였다. "여러분, 당시 선배들이 구국을 위해 얼마나 충성을 다했는지 일처리가 얼마나 주도면밀한지, 기백이 얼마나 웅장한지 아시겠지요? 사실 우리 신중국의 기초는 모두 헌정당에 의해 세워진 게 아니겠습니까? 현재 전국 37개 대학 가운데 국립 9개와 사립 28개 가운데 12개가 헌정당이 설립한 것입니다. 제가 세어보겠습니다. 난징의 아이궈대학, 상하이의 양수푸대학, 광둥의 광저우대학 및 링난대학, 베이징의 청난대학, 쓰촨의 산수대학, 저장의 첸탕장대학, 후난의 촨산대학, 후베이의 장한대학, 장시의 궈민대학, 윈난의 윈난대학, 우리 산둥의 취푸대학, 이 모두가 당시 헌정당이 창립한 것이죠! 초창기에는 본래 규모가 매우 작았는데 모두가 열심히 일을 하여 후에 점차 확충되기 시작한 겁니다. 그때 황제가 어명을 내려 각 성에 대학을 창립한 것이 아니겠습니까? 기쁘구나. 일년 사이에 성마다 대학이 세워졌습니다. 우습구나. 그것을 대학이라고 할 수 있겠습니까? 중국의 대학에서 가르친 학문은 현재 초등학생들 수준에도 미치지 못할 정도입니다." 애처롭네.

강의가 여기에 이르자 청중들이 크게 웃었다.

쿵 선생님이 말씀하셨다. "여러분 제가 그들을 조롱한다는 생각 하지 마십시오. 저는 당시 상하이 난양대학의 학생이었는데,[25] 과 제가 무슨 '일본의 민권 억압을 중국이 법으로 삼아야 한다'는 것 이 기억납니다."

청중들이 다시 크게 웃었다.

"이건 그래도 매우 주목할 만한 경우입니다. 다른 성의 대학은 더 말할 것도 없습니다. 그래서 그때 여러 국립대학들이 몇 해 지나지 않아 사라져버린 것입니다. 각 성의 대학 담당자들은 잘 들으시오. 오히려 헌정 당이 세운 각종 작은 학교들이 확충되기 시작했습니다. 이상은 대 학에 대해 얘기한 것입니다. 그 외 곳곳의 중고등학교, 초등학교 역 시 헌정당 사람들이 설립한 것인데 지금까지 현존하는 학교가 만 수천 개가 넘습니다.[26] 사무조례의 두 번째 조목이 그 정점에 이른 것이라고 할 수 있습니다.

다시 세 번째 조목에 대해 얘기하겠습니다. 지금의 중국국민은 행, 동서선박회사, 난양선박회사, 시창금광회사, 쥬쟝도기제조공 장, 후저우비단대공장, 텐진솜털제조공장 및 양조공장 등은 현재 제일의 상공업 부문으로 우리나라 국부의 원천이 아니겠습니까? 어느 하나라도 헌정당에 의해 세워지지 않은 게 있습니까! 다음으 로 여섯 번째 조목에 대해 얘기하겠습니다. 현재 통용되고 있는 상

---

25) 이는 난양대학 꽈리의 의견이다.
26) 이것들은 내가 큰소리치는 게 아니라 누구든 간에 뜻만 있으면 할 수 있는 것 이다.

법은 헌정당이 편찬한 원본을 거의 그대로 사용하고 있고 헌법은 7, 8할을 사용하고 있으며, 나머지 법률도 헌정당이 편찬한 원본을 저본으로 삼아 수시로 개정한 것입니다.

네 번째 조목인 국정 조사에 있어서도 현재 곳곳의 도서관에 가면 『금감(今鑒)』이란 제목으로 양장된 60권의 두꺼운 책이 있습니다. 오늘날에 이르러 시간이 흐르고 상황도 변하여 이 책은 자연히 쓸모가 없어졌고 이 책을 연구하는 사람도 별로 없습니다. 나는 급히 한번 읽어보고 싶다. 하지만 여러분 생각해보세요. 그때는 도로도 개통되지 않았고 정치도 어지러워, 오늘날 이삼일이면 도착할 길을 언제나 한두 달이 걸렸지요. 여러 선배들이 천신만고 끝에 그토록 방대한 『금감』을 편찬할 수 있었던 겁니다. 여러분들은 그들이 얼마나 많은 심혈을 기울였는지 짐작할 수 있겠습니까! 옛말에 '뜻을 품은 사람은 결국 일을 이루게 된다.'는 말이 있습니다. 이렇게 볼 때, 한 나라의 대사업이 어찌 정부의 권력을 잡은 몇몇 세력에게만 기대야 하겠습니까? 자고로 영웅호걸은 모두 자기 힘으로 자기 자리를 얻어낸 것이 아닙니까?[27] 한 나라의 세력과 지위도 전부 그 나라 인민이 스스로 만들어야 가능한 일입니다. 만일 정부나 권력자만 바라보고 있다가 정부와 권력자가 하지 않으려 한다면, 속수무책으로 앉아서 죽음을 기다리는 것과 마찬가지이니, 자포자기하여 인류의 자격을 욕보이는 일이 아니겠습

---

27) 이 말은 본심을 드러내고 정곡을 찌르는 것이다. 저서의 뜻이 모두 이 점에 있으니 독자들은 반복해서 읽어야 할 것이다.

니까?"

청중이 크게 박수를 친다.

"한담은 그만하고. 헌정당이 중국을 재창조한 일등 공신이라는
점은 여러분이 익히 알고 있는 일이라 이 늙은이가 더 말할 필요가
없을 겁니다. 하지만 여러분이 꼭 명심해야 할 점이 있습니다. 헌정
당이 이렇게 성장하고 견실하게 된 것은 외형적인 관계에 의존한 것
이 아니라 정신적인 단결에 의해 전적으로 이루어졌다는 점입니다."
쿵 선생님은 여기까지 말씀하시고 나서 한숨을 내쉬었다. "후—, 헌
정당 출현 이전을 생각해보면 우리 중국이 어떻게 사람 사는 세상
이라고 할 수 있었겠습니까? 오늘날에 이르러 그 시절을 얘기하더
라도 괴롭고 두려워 미칠 지경입니다. 여러분, 그 시대의 인심과 풍
속을 알고 싶나요?『음빙실문집(飮氷室文集)』에 나오는 두 곡을 살
펴보도록 합시다.

皀罗袍[28]

여전히 가무 즐기며 전처럼 태평한데
오늘은 어제의 세찬 비바람 기억나질 않네
가마솥 헤엄치는 물고기 마름꽃 희롱하고
처마에 둥지 튼 제비와 참새 제 집 무너져도 평온해하네
황금 빛 저물녘 고관대작 집 연줄 대려는 사람 북적이고

---

28) *곤곡(昆曲)의 곡패명.『牡丹亭』의 제일 유명한 부분인「游園驚夢」에서도 이 곡
패를 사용하여 노래하고 있다.

등잔불 아래 과거공부 하지만 청렴한 선비 귀밑머리만 세가고

하늘 바라보며 또 모호한 점이나 쳐 보네

前調[29]

저 비굴하게 아부하는 무리들, 시대 풍조를 틈타 제 밥그릇 주인

을 찾네.

관방의 번역 대가들, 외국회사의 통역료가 천정부지구나

목에 넥타이 매고 입에 시가 물고, 외국인 보면 헤헤거리고 중국

인 보면 이를 가네

사람들이 비웃어도 실컷 욕하라 하네.[30]

여러분, 사실 그때의 더럽고 추악한 모습을 어떻게 말로 다 표현
할 수 있겠습니까? 이 두 곡은 백 가지 가운데 한두 가지를 묘사한
것에 불과합니다. 그때 이 늙은이는 일본 도쿄에서 유학 중이었는
데 그리고 보니 선생님께서 이곳에 계셨구나. 내일 꼭 찾아뵙고 가르침을 청해야겠다. 『신민총보
(新民叢報)』 제1호에서 이 곡을 읽고 나도 모르게 눈물을 흘린 기억
이 나네요. 그러면서 '중국은 망했구나!'라고 생각했죠. 외국의 침

---

29) *前調는 곡패명이 아니라 앞에서 사용한 곡패와 동일한 곡패를 사용한다는 뜻
  이다. 즉 앞에서 사용한 믵罗袍 곡패로 이 단락을 노래한다는 것이다.

30) 상세하게 서술하면서도 수사가 화려하여 독자들로 하여금 자신이 처한 시간과
  장소를 거의 잊어버리게 만든다. 반전이 일어나는 지점에 도달하면 실로 묵직한
  감동을 느끼게 한다. 이는 옛날부터 얘기한, 상심한 사람은 특별한 소회를 지닌
  다는 것이다.

략에 의해 망한 것도 아니고, 정부가 고루해서 망한 것도 아니고, 저 쓸개도 없고 두뇌도 없고 혈기도 없는 4억의 인민이 어리석게 하나로 뭉쳐 끝내 망하게 된 것이니, 어떠한 대책도 떠오르지 않더군요! 그 자리에서 이 늙은이는 너무 상심하여 입에서 나오는 대로 시 두 구절을 읊었습니다.

이유 없이 문득 태평시대의 꿈을 꾸는데, 저 멀리 곤륜산 최고봉이 보이네
황하 오악은 겹겹이 아름답게 모여 있고, 화엄세계 곳곳엔 누대가 솟아 있네
세상의 으뜸이라 비할 데 없이 영광스럽고, 끝없이 신묘한 풍경이 세상의 것이 아니네
수염 쓸어올리며 뭇 용들의 웃음소리 들어보니, 뜬금없이 우는 새벽 닭을 누가 신뢰하겠는가!

서해 가로질러 중원 바라보니, 누런 안개 짙게 끼어 대낮에도 어둑하네
계곡마다 돼지 뱀 우글대니 누가 주인인지, 산마다 도깨비 가득하고 사람이 없네
청년들은 절망하여 오동나무 시들거리듯 하고, 노국(老國)의 혼 되살아나기엔 세상이 너무 험악해져가는구나
하늘이 무너져도 하늘조차 개의치 않는다 하니, 나도 어찌 침묵하

고 싶지 않겠는가?[31]

이것으로 잠시 마치겠습니다. 중국을 바꾼 헌정당은 도대체 어떠한 영웅호걸이 만들어낸 것입니까? 여러분이 알아야 할 것은 천하의 크고 작은 일을 막론하고 한 사람이 할 수 있는 것은 아니라는 겁니다. 하지만 창립한 공로에 대하여 이 늙은이가 말하지 않아도 여러분이 잘 알고 있을 것입니다. 이 강당 맞은편 높은 누대 위에 세워져 있는, 웅장하고 씩씩하며 용모가 장엄한 동상의 주인인데, 바로 이름이 커챵(克强)이고 자가 이보(毅伯)인 황 선생님입니다. 황 선생님은 도대체 어떤 분이십니까? 어떻게 이렇게 위대한 당을 창립한 걸까요? 얘기가 길어질 텐데, 오늘은 시간이 늦었으니 다음에 계속하도록 합시다."
청중들이 일제히 박수갈채를 보냈다.

---

31) 이백의 시 "월나라의 옛터를 보며(越中覽古)"에서 "월나라 왕 구천이 오나라를 물리치고 돌아오니, 충성스런 용사들 귀환하여 비단 옷 동이 났네. 꽃 같은 궁녀들 봄날 궁전 가득했는데, 지금은 오직 자고새만 날아다닐 뿐이라네." 라고 읊고 있다. 앞 세 구절은 융성함을 지극하게 묘사하고 있고, 뒤 한 구절은 반전되어 묵직한 감동을 느끼게 한다. 이 시는 바로 이러한 서술방식에서 배태된 것이다. 이 시에 책 전체의 핵심이 응축되어 있고, 저자의 고심이 드러나 있다. 혈기 왕성한 독자라면 이 시를 읽고 감동을 받아야 할 것이다.

제3회

신학문을 배우기 위해 세계를 두루 유학하며,
두 명사가 시국에 관해 설전을 벌이다

두 번째 강의 이제 황커챵(黃克强) 군에 대해 얘기하겠습니다. 황 군
은 본래 광둥 충저우(瓊州) 부 충산(瓊山) 현 사람입니다. 그의 아버
지는 학문이 깊은 대선비로 이름은 외자 군(群)입니다. 어릴 때부터
남하이(南海) 출신 주쥬쟝(朱九江)[1] 선생[이름은 츠치(次琦), 자는
즈상(字襄)]의 문하에서 수업하며 육왕 이학[2]을 공부하고 또 중국
사학에 가장 정통하였습니다. 그의 학문과 지조는 주쥬쟝 문하에
서 손꼽힐 정도였죠. 후에 고향으로 돌아와 학당을 설립하여 강의
를 했는데 학자들은 그를 충산 선생이라고 불렀습니다. 여러분, 충
저우는 본래 우리 중국 최남단의 작은 섬으로 그때까지 내륙과 문
화가 단절되어 있었는데, 어떻게 오육십 년 전에 갑자기 시국과 관

---

1) * 주쥬쟝(朱九江, 1807~1881)은 광동 지역의 대학자로 캉여우웨이의 스승이다.
2) 육왕 이학은 오늘날 중국을 구하는 제일의 학문이다.

련된 많은 위대한 인물이 출현하게 된 것인지 아십니까? 바로 총산 선생의 가르침으로 이러한 인물이 배출된 것입니다.[3] 청일전쟁 이후 총산 선생은 중국의 미래에 커다란 변동이 일어날 것이라 확신하고, 그의 아들 황커창과 의기양양한 문하생 리취삥(李去病) 군을 함께 영국으로 유학을 보냈는데, 그날이 바로 광서 을미년(1895) 2월이었습니다. 그해 황커창의 나이는 이미 22세였고 리취삥은 21세였습니다. 두 분은 같은 마을에서 태어나 어려서 함께 공부하고 장성하면서 함께 유학하고 어른이 되어 함께 일을 했습니다. 후에 서로 대등하게 경쟁하며 많은 일을 하게 되는데 이 일은 나중에 얘기하겠습니다. 이보(毅伯)[4] 선생은 가학을 전수받은 이외에 오래전부터 세계의 학문에 뜻을 두어 외국의 언어 문자를 배우려고 했습니다. 그러나 영국인이 설립한 홍콩의 학당은 분위기가 너무 나쁘고 학과 수준도 낮았으며, 그 외 중국 곳곳의 학당도 마찬가지였죠. 이 때문에 학당에 가지 않고 스스로 영어 독본, 문법 등의 책을 구입하여 홀로 공부하였습니다. 자전의 도움에 의지하여 몇 년간 공부를 하면서 일찍부터 모든 영문 서적을 읽을 수 있게 되었습니다.[5] 그해 유학의 길에 오를 때 아버지 총산 선생은 특별히 당부는

---

3) 나폴레옹도 유럽의 남쪽 끝 코르시카라는 작은 섬에서 태어났다. 작은 섬에서 종종 위대한 인물이 나온다.
4) *이보는 황커창의 字.
5) 일본의 대학자인 후쿠자와 유키치가 서양 글을 배운 것도 이러한 방식을 통해서였다.

하지 않고 그에게 『장흥학기(長興學記)』[6] 한 권을 주며, "이것은 나의 오랜 친구인 난하이 출신 캉(康) 군이 스승의 깊은 뜻을 펼쳐 후학을 가르치기 위해 쓴 책이다. 책의 내용이 내가 얘기한 것과 같으니, 가지고 가서 앞으로 세상에 나가 일을 할 때 모범으로 삼거라."라고 말씀하셨습니다. 이보 선생은 아버지의 엄명을 받들고 즉시 출발했습니다. 그런데 홍콩에서 바로 떠나지 않고 상하이, 일본, 캐나다를 경유한 후 대서양을 건너 영국으로 갔습니다. 상하이에 도착했을 때 시무보 사옥에서 류양(瀏陽) 출신 탄스퉁(譚嗣同)[7] 선생을 만났는데 그곳에 거주하며 막 『인학(仁學)』의 집필을 마친 상태였습니다. 그 원고는 두세 명만이 보았을 뿐인데 이보 선생이 당일 한 부를 베껴 가방에 소중하게 넣어놓고 길을 떠났습니다. 배를 타고 가는 내내 리 군과 자세히 읽었는데 몇 십번을 보았는지 모를 정도였으며, 의지가 한층 높아졌습니다. 후에 이보 선생은 늘 다른 사람들에게 그의 일생 사업의 태반을 『장흥학기』, 『인학』 두 권의 책에서 배운 것이라고 말씀하셨는데[8] 정말로 조금도 틀린 말이 아닙니다. 다시 본 이야기로 돌아가죠. 황 군과 이군이 영국에 도착했을 때 그들은 본래 가난한 학생인지라 당연히 학비가 부족했습니다. 그래서 평일에는 반나절 일하고 반나절 공부하

---

6) *『장흥학기(長興學記)』는 캉어우웨이(康有爲)의 저작으로 전통교육사상과 서학을 결합하여 당시 학생들이 배워야 할 새로운 학문세계를 정립하였다.

7) *탄스퉁(1865~1898)은 무술변법운동을 주도한 중국의 근대 사상가로서 대표 저작으로 『인학』이 있다.

8) 정신교육의 시작으로 이 두 권을 추천한다.

고, 여름방학 때는 다른 사람의 하인으로 일하며 그럭저럭 생활을 유지해나갔습니다. 그들은 집에서 공부한 바탕이 있었기 때문에 영국에 도착한 지 일 년 만에 옥스퍼드대학에 진학할 수 있었습니다. 이보 선생은 정치·법률·경제 등의 학문을 공부했고 리 군은 과학·철학 등의 학문을 공부했습니다. 그 대학에서는 군사교육이 매우 엄격했는데, 리 군의 성격에 잘 맞고 열심히 공부했기 때문에 항상 성적이 우수하여 학교 안에서 소위의 직책을 맡았습니다.

이야기의 핵심만 간단히 말하자면, 시간이 화살처럼 흘러 삼년이 지나고 때마침 무술정변이 발발한 즈음에 두 사람은 이미 런던 옥스퍼드대학을 졸업하게 되었습니다. 두 사람은 유럽에서 육군자(六君子)[9]가 피를 흘리고 순국했다는 소식을 듣고 진심으로 몇 번이나 통곡했습니다. 리 군이 "우리 빨리 귀국하여 더 힘쓸 수 있는 방법을 생각하는 게 좋겠습니다."라고 말하자, 황 군은 "너는 지금 중국의 어떤 면이 바로 그때라고 보느냐? 내가 보기에, 고금의 세계 혁신은 반드시 수많은 충돌을 겪은 후에 이루어질 수 있는 거다. 새로운 것과 낡은 것이 서로 싸우면, 낡은 것은 먼저 승리하지만 나중에 패하게 되고, 새로운 것은 먼저 패하지만 나중에 승리하게 되는 것이 진화론상의 자연도태의 법칙이니, 걱정할 필요가 없

---

9) *무술변법운동 때 희생당한 린쉬(林旭), 양루이(楊銳), 탄스퉁, 캉광런(康廣仁), 류광띠(劉光第), 양천슈(楊沈秀) 등을 '무술육군자(戊戌六君子)'라고 부른다.

다. 그러나 지금 우리 중국의 민지, 민덕으로 어떻게 신당을 만들 수 있겠는가? 민간에서 준비 작업을 대대적으로 하지 않으면 미래가 불확실해 보인다. 우리가 중국 국민을 위해 준비 작업을 하려면 먼저 자기 자신의 준비 작업을 원만하게 해야 한다. 애국청년 들으시오. 너와 내가 비록 대학을 졸업했지만 아직 경력이 매우 일천하기 때문에, 지금 귀국하여 운동을 하면 전력을 다하더라도 어떠한 성과를 크게 이루어내기는 힘들다. 내 생각엔 독일, 프랑스 등의 나라에 몇 년 더 유학하여, 세계의 지식을 널리 수집하고 세계의 정세를 실질적으로 살피어, 훗날 국민들에게 보답하는 것이 더욱 유망한 일이 아니겠느냐?"[10]라고 말했습니다. 리 군이 고개를 끄덕이며 수긍했습니다.

그래서 두 사람은 생각을 정한 후 각기 다른 길로 떠났습니다. 리 군은 프랑스로 가서 파리대학에 입학했습니다. 이보 선생은 독일로 가서 베를린대학에 입학하여, 당시 독일에서 제일 성행하고 있던 국가학이라는 학문을 연구했습니다.[11] 비록 자신의 취지와 썩 통하진 않았지만 실로 많은 도움을 받았습니다. 또 사회당 유명 인사와 왕래하며 사회주의 연구[12]에 심혈을 기울여 경제방면에서 벌어지는 경쟁 추세에 대해 많이 실감하고 나서, "이러한 영향으로

---

10) 이 이치를 깨달으면 자연히 염세사상에 빠지지 않을 것이다.
11) 국가학이 하나의 학문으로 정립된 것은 실제로 독일인에게서 시작되었으며, 유럽의 다른 나라에서는 이런 학문이 없었다.
12) 사회주의는 국가주의와 정반대인데 이 학문 역시 독일에서 가장 성행하였다.

장차 우리 중국이 분명 그 피해를 입게 될 터인데 어떤 방법을 써야 그에 저항할 수 있으런지?"라고 개탄하였습니다. 날마다 이 문제의 연구에 고심하고 있는데 갑자기 의화단 사건의 경보가 날아들어 의심의 눈초리로 전 유럽이 시끄러워졌습니다. 경자년(1900) 7월에 독일 공사가 살해당하자 독일 황제는 군인들에게 훈시를 하며 험악한 말을 내뱉었습니다.[13] 이보 선생은 애국의 열정을 억누르지 못하여 「의화단의 원인 및 중국민족의 미래」라는 제목의 방대한 글을 써서 이를 영어, 프랑스어, 독일어로 번역하여 유럽의 각 신문사에 보냈습니다. 그 글에서 의화단 사건이 발생한 근본 원인은 전적으로 민족경쟁의 추세에 자극되어 일어난 것이며, 이번 사건은 처음 발발한 것일 뿐인데 유럽 여러 나라들이 우리 중국을 너무 경멸하고 있으며, 앞으로 대외 사상이 날로 발전하면 이러한 일들이 더 많이 발생할 것이라고 상세하게 설명하고 있습니다. 그리고 결론에서 의화단이 과격해진 원인은 외국 여러 나라들에게 그 책임이 있다고 역설하고 있습니다.[14] 당시 독일 사람들은 줄곧 야만스럽고 미친 듯이, 신문에 온통 무슨 돼지꼬리 같은 놈, 누런 원숭이 같은 놈 등의 욕설을 퍼붓고 있었습니다. 이런 욕설을 들어야 합니까? 이런 말들은 당연히 귀에 거슬립니다. 그렇지만 이런 글들이 각 신

---

13) *독일 황제 빌헬름 2세는 의화단의 난 진압에 매우 큰 관심을 보여 의화단의 난이 독일의 저력을 보일 수 있는 좋은 기회라고 생각했다. 그래서 중국으로 떠나는 병사들에게 "훈족이 로마군에게 했던 것처럼 짓밟아라"라고 말했다.
14) 유학시절의 사적에 관한 서술이 너무 간단하여 이런 일들은 빼놓을 수 없다.

문사에 많은 문제를 일으키자 후에 중국 해관총세무사인 로버트 하트[15]가 책을 써서 이번 사건의 처리 방안을 제기하고 있는데, 바로 이보 선생 글의 취지를 표절하여 역으로 그것을 이용하고 있습니다. 나는 로버트 하트를 원망하고 싶다.

한담은 그만하고. 이보 선생은 독일에서 일 년 반 유학하고 나서 졸업을 한 후 리 군과 함께 유럽 몇 개 나라를 돌아다니다가 광서 임인년 말에 러시아 페테르스부르크에서 기차를 타고 귀국하였습니다. 두 분이 지금 분명 돌아오는 중일 터이니 우리 환영회를 준비합시다. 그때 시베리아 철도가 아직 전부 개통되지 않았기 때문에 중간에 걸어서 많은 사막과 황폐한 땅을 지나와야 했습니다. 한겨울 매서운 추위를 맞으며 차디찬 곳을 지나가는 여행 고초는 당연히 이루 다 말할 수 없을 것입니다. 그러나 두 사람 모두 심지가 곧고 후에 수많은 난관을 다 견뎌냈던 인물들이라 이런 상황을 두려워하지 않았으리라는 점은 더 말할 것도 없을 겁니다.

시간이 덧없이 흘러 그 다음 해 계묘년 늦봄에서 초여름 사이에 두 사람은 이미 산하이관(山海關)에 도착하였습니다. 본래 리 군은 갑오년 청일전쟁 때 군사 실정을 살펴보고 싶어서 홀로 산해관을 한 차례 돌아본 적이 있습니다. 지금 채 10년이 되지 않았는데 산하이관 밖 일대가 완전히 코사크 러시아 기병대 의 식민지로 변해버렸습니다. 무감한 사람이라도 이를 보고 마음이 아플 텐데 뜨거운 피

---

15) * 로버트 하트(Robert Hart, 1935~1911)는 영국인으로 28세에 중국 해관총세무사에 임명되어 중국의 관세수입을 영국의 배상금으로 충당하였다.

가 충만한 이 영웅이 어찌 금석지감을 느끼지 않을 수 있겠습니까! 그날 이보 선생은 리 군과 만리장성에 올라 아래를 굽어보며 탄식과 울분을 금할 수 없었습니다. 여관으로 돌아와 탁주 몇 잔 마시며 가슴속에 쌓인 응어리를 적시니 자기도 모르는 사이에 흠뻑 취했습니다. 갑자기 서로 한 구절씩 읊조리며 「하신랑(賀新郎)」[16] 한 수를 지어 벽에다 적어놓았습니다.

> (황) 어젯밤 동풍 불어 고개 돌려보니 밝은 달 조국을 비추는데 처량하기 그지없네.
> (리) 하늘이 진(秦)나라를 허락한 게 어제 일 같은데 설마 조물주가 취해버렸단 말인가?
> (황) 인간세상 시들어버려도 상관하지 않네
> (리) 해 저물고 안개 자욱하니 산해관이 어두커니 닫혀 있고, 저 문산 바라보니 무장한 기병들이 설치고 다니는구나.
> (황) 한(漢)나라 깃발이 뽑히고 북소리 사라졌네.
> (리) 만물은 여전히 아름다운데 조국 산천은 달라져 있구나, 누가 장엄한 침대에서 태평스레 곤히 자고 있는가?
> (황) 천년 하늘의 자손도 믿을 수 없구나, 의로운 남자 한 명 없으니
> (리) 봄 강물에 물어보니 참견하지 말라 하네

---

16) *하신랑은 곡패명.

(황) 나 홀로 상심해도 알아주는 이 없어, 난세의 영웅 찾아가니
영웅이 남달리 눈물을 흘리고 있네
(리) 닭 소리 어지러운데, 검(劍) 빛이 일어난다.[17]

　다 쓰고 난 후 두 사람은 여전히 가슴이 답답하여 십여 잔의 술
을 마셨습니다. 뜨거운 피가 술로 더욱 솟구치자 리 군이 입을 열
었습니다. "형, 지금 중국이 중국인의 중국이라고 볼 수 있나요? 18
개 성 가운데 어느 곳이 다른 나라의 세력권이 아닌가요? 러시아
가 아니면 영국이고, 영국이 아니면 독일이고, 그렇지 않으면 프랑
스·일본·미국의 것입니다. 자신의 세력권 안에 있는 곳을 그들은
자기 주머니 속의 물건처럼 간주합니다. 이게 다가 아닙니다. 그 나
라의 세력권에 거주하는 우리 동포 국민은 그 나라가 자신의 미래
의 주인이라고 인정합니다. 권력자들은 더 말할 것도 없습니다. 외
국인을 대하면 몸을 낮추고 부드러운 표정으로 아부하는 목소리
를 내는데 마치 효자가 부모를 대하는 것과 같습니다. 이렇게 본
다면 우리 중국의 미래 어디에 다시 하늘을 볼 희망이 있겠습니
까?"[18]
　황 군이 말했습니다. "그렇고 말고! 세상의 일은 사람의 힘으로
만드는 것인데, 이렇게 큰 우리 중국이 설마 태어나면서부터 다른
사람의 밥이나 되려고 했겠느냐! 이 모두가 선조들이 혈기가 없고

---

17) 가사가 매우 훌륭하지는 않지만 두 사람의 감정의 진면목이 잘 드러나 있다.
18) 앞의 일도 그다지 좋지 않지만 뒤의 일은 정말로 심각하여 걱정이 된다.

지조가 없고 식견이 없어서 이런 지경에 빠지게 된 것이다. 사람의 힘으로 나쁘게 된 일은 분명 사람의 힘으로 개선시킬 수 있다고 생각한다. 매우 타당한 말이다. 아우야, 너 역사를 공부했지. 세계 어느 나라가 국민에 의지하여 재건하지 않고서 강성해질 수 있었더냐? 지금 우리 두 사람은 한낱 청년에 불과하여 권력도 없고 용기도 없지만, 우리가 10년 동안 공부한 것은 무슨 일을 하기 위해서였냐? 청년 학생들은 생각해보시오. 몇 마디 영어나 배워 장래 밥그릇 도구로 삼으려 한 것이겠느냐? 강호 명사들을 따라다니며 격양 강개한 입 발린 소리나 하고, 어쩔 수 없다는 말로 논조를 얼버무리려 한 것이겠느냐? 청년 학생들은 생각해보시오. 한 나라의 일은 본래 그 국민이 공동으로 짊어져야 할 책임이라고 생각한다.[19] 만약 4억 명이 각기 자신이 맡아야 할 책임을 진다면 이 책임은 당연히 그렇게 힘든 것은 아니다. 그러나 한 나라의 국민 대부분이 여전히 잠에 빠져 있고 이러한 책임을 알지 못한다면, 그들에게 어떻게 책임을 짊어지게 할 수 있겠느냐? 이런 상황이라면 선각자들이 다른 이들의 책임을 함께 자신의 어깨 위에 올려놓을 수밖에 없다. 청년 학생들은 생각해보시오. 아우야, 우리 두 사람은 무슨 뛰어난 인물이라고 할 수 없지만 국민의 은혜를 받아 이만큼 공부를 하고 학식을 얻은 것이다. 이런 책임에 대해선 평소 잘 알고 있는 일이니 이제 조국으로 돌아가 우리의 힘을 다하여 조금씩 조금씩 실천해나간다면, 어찌 중국의 미래가 구원받을

---

19) 책임을 아는 것이 대장부의 시작이고 책임을 지는 것이 대장부의 완성이다.

가망이 없다고 할 수 있겠느냐?

리 군은 여기까지 듣고 나서 한숨을 내쉬며 말했습니다. "형, 책임요? 이 책임은 오직 한 가지만 있을 뿐 다른 것은 없습니다.[20] 이 책임을 실행하는 방법에 있어서 형은 줄곧 내 의견이 옳은 것이 아니라고 했습니다. 오늘 귀국하여 정세를 살펴보니 내 의견이 조금도 틀리지 않았다고 더욱 확신이 드네요. 형, 보세요. 지금 중국이 이 지경까지 쇠약해진 것은 다 정부 집권자인 민적들의 소행이 아니겠습니까? 옳소! 옳소! 지금 그들이 입으로 무슨 유신이니 개혁이니 떠들고 있지만, 유신 개혁이 어떤 일인지 알고 있는지 물어보십시오. 그들은 기녀가 손님 모시는 일을 배우거나 한 것처럼, 외국인을 하느님이나 부처, 조상, 부모라도 되는 듯 받들고 있으며, 외국인 앞에서는 온순한 토끼나 유행을 따르는 하인이 되는데, 이들이 바로 유신 개혁의 일류 명사들입니다. 유신 개혁의 일류 명사들은 들으시오. 형, 이런 정부 이런 조정에 어떠한 희망이 있는지 생각해보세요. 그들이 하루라도 더 존재한다면 중국은 그 만큼 더 고통을 받을 것입니다. 10년이 채 되지 않아 우리 국민은 노예가 되는 것도 부족하여, 몇 층 지옥에 떨어져 아랫사람이 윗사람을 섬기듯이 노예의 노예를 대신하여 노예가 될지도 모릅니다. 형, 저는 정말로 이런 크고 작은 민적들을 눈앞에 놓아둘 수가 없습니다. 저의 이 몸뚱이를 걸고 그들과 한 세상에 같이 살지 않겠노라 맹세하려 합니다. 그들

---

20) 첫 번째 반론.

이 있으면 제가 있을 수 없고 제가 있으면 그들이 있을 수 없다고요."[21] 사내대장부로구나, 사내대장부로구나. 마치니, 요시다 같은 일류 영웅이다.

황 군이 말했습니다. "아우야, 네 말을 누가 틀렸다고 하겠느냐? 그러나 우리가 하려고 하는 중국의 대사업은 아이들이 진흙과 모래로 가짜 집을 만들었다가 마음에 들지 않으면 다시 만들 수 있는 그런 일과는 다르다.[22] 옛말에 있듯이, '처음은 미약하지만 끝에는 창대할 것이다.' 만일 처음을 잘못 시작하게 되면 나중에 온통 혼란스러워져 수습할 수 없게 된다. 아우야, 우리는 중국인으로서 중국의 일을 하는 것이니, 외국의 사례만을 보고 그대로 따라 해서는 안 된다. 항상 우리 중국 역사에서 전해오는 특징을 자세하게 연구하여 우리 국체(國體)가 어떠한지 분명하게 이해해야 비로소 우리 실정에 맞는 처방을 내릴 수 있는 법이지!"[23]

리 군은 황 군의 얘기가 끝나기도 전에 끼어들었습니다. "형, 국체를 말하는 겁니까? 우리 중국의 특징에 대해 다른 것은 모르겠습니다만, 역사상으로 보면 우리 중국은 혁명의 국체입니다.[24] 이 점에 대해서는 어떠한 화술을 쓰더라도 사실이 아니라고 변명할 수는 없을 겁니다. 진시황이 천하를 통일한 이래 오늘날까지 2천여 년이 흘렀는데, 황제라고 칭한 자가 부지기수이며 5백 년 동안 혁

---

21) 의지가 굳은 리 군은 완고하기는 하지만 가슴속에는 여전히 피가 흐른다. 근래 집권한 유신당은 정말로 냉혈동물이다.
22) 두 번째 반론.
23) 확실히 대정치가의 어투다.
24) 세 번째 반론.

명을 한 차례도 겪지 않은 적이 있습니까? 술 마시고 노름하고 간음하는 데 능통한 무뢰한, 살인을 저지르고도 눈 깜박하지 않는 강도, 힘없는 사람들을 속이고 홀려 세상을 취한 간신, 오륜도 모르고 글도 모르는 오랑캐 등이 권력을 이용하고 칼을 날카롭게 갈아 백성들을 풀 베듯 하찮게 죽이고, 자신은 황색의 일인[獨夫] 의자 옥좌의 비속어 에 엉덩이를 걸치고서, 하늘의 조화에 감응하고 성덕과 신공을 지닌 태조고황제(太祖高皇帝)라고 여겼습니다.[25] 형, 국체를 얘기하지 않으면 그만이고, 역사상의 특징을 얘기하지 않으면 그만이지만, 이 점에 대해 얘기한다면 제 말이 더 맞을 겁니다. 설마 형이 아직도 집권자 총아들의 말을 따라, 황통이 면면하고 만세가 한 가족이라고 일본인 스스로 과시하는 그런 국체를 우리 중국과 비견하며 서로 같은 것이라고 얘기하려는 것은 아니겠지요!"

황 군이 말했습니다. "아우야, 네 성질이 또 나왔구나, 진정하거라. 내 네게 다시 말해주마."

리 군이 말했습니다. "이건 공적인 일인데, 무슨 감정이 있겠습니까?"

황 군이 말했습니다. "내 네게 물어보자. 우리 중국이 2천 년 동안 혁명이 지속적으로 일어나고 혼란이 끊이지 않았는데 이게 좋

---

25) 내용이 대련의 한 구절과 유사하다. '자동차를 타고 구만 리 지구를 두루 돌아다니고, 황제의 자리에 올라 이천 년의 역사를 덮어버린다.' 저자에게 다음 구절을 청해보자.

은 일이라고 생각하느냐?[26] 네 말에 따르자면, 우리 중국의 장래에 몇 명의 진시황, 한고조, 명태조가 다시 태어나기를 희망해야 한다는 것이냐?"

리 군이 말했습니다. "형, 그런 뜻으로 얘기한 게 아닙니다.[27] 그들은 폭력으로 폭력적 세상을 바꾸었지만 제가 말하는 것은 인(仁)으로 폭력적 세상을 바꾸자는 것입니다.[28] 형, 형은 외국의 역사를 많이 공부했잖아요. 근세 문명국이라고 칭하는 나라들은 모두 인으로 폭력적 세상을 바꾸는 대전환기를 거쳤습니다. 고생스럽고 장렬하게 이 과정을 거치지 않았다면 오늘날이 있을 수 있었겠습니까? 형, 저는 평생 진시황, 한고조, 명태조 같은 부류의 사람들을 제일 싫어했습니다. 제가 분명 그런 사람들의 파렴치한 일을 배우려 하지 않는다는 점은 형도 아실 겁니다. 사람들이 모두 이것이 파렴치한 일임을 안다면 중국은 바로 진화할 것이다. 형, 이 점은 믿어도 됩니다. 오늘날 제가 어떻게 이런 생각을 할 수 있겠습니까? 오늘날 진정한 혁명사상을 지닌 사람이라면 그 견식이 분명 저와 마찬가지일 터인데, 어떻게 폭력으로 폭력적 세상을 바꾸는 방식을 그대로 모방할 수 있겠습니까? 만일 이런 사상이 없는 사람이라면 아무리 그가 혁명을 얘기하고 능력이 출중하다 하더라도 분명 성공하지 못할 것입니다. 왜

---

26) 네 번째 반론.

27) 다섯 번째 반론.

28) 폭력으로 폭력적 세상을 바꾸면 혁명을 한 후 또 혁명이 일어나 그 상태가 순환된다. 인으로 폭력적 세상을 바꾸면 한 번 혁명이 일어난 후 영원히 혁명이 다시 일어나지 않아 그 상태가 진화한다.

그런 걸까요? 생존경쟁과 자연도태의 공리는 시대의 흐름에 순응해야 생존할 수 있는 것이기 때문이죠. 과거 야만시대의 영웅은 오늘날에 와서는 조금의 쓸모도 없습니다. 19세기 유럽 민주주의 사조가 현재 중국에 불어와 약간의 세상 물정만 아는 사람이라면 모두들 전제정치는 반역의 죄악임을 알고 있습니다. 사람들이 모두 이것이 반역의 죄악임을 안다면 중국은 바로 진화할 것이다. 앞으로 한고조나 명태조와 같은 부류가 나타나더라도 그들에게 달라붙어 권세를 누리는 저급한 일을 할 상등의 인재가 있겠습니까? 그래서 제 생각엔, 혁명이 일어나지 않으면 그만이지만, 혁명이 일어난다면 저 민적의 씨앗은 무여열반(無餘涅槃)[29]의 세상으로 들어가 흔적 없이 사라지게 될 겁니다." 이 말에 대해 나는 반박할 게 없다.

쿵 선생님의 말씀이 여기에 이르자 온 강당에 우레와 같은 박수 소리가 울렸다. 쿵 선생님이 계속해서 말씀하였다. 이 두 사람의 대화는 아직 많이 남아 있습니다. 황 군이 말했습니다.[30] "아우야, 말은 비록 이렇게 하지만 세상일에는 이상과 현실이 종종 다른 법이다.[31] 못 믿겠거든 과거 프랑스대혁명 때 로베스피에르,[32]

---

29) *무여열반(無餘涅槃)의 원어는 아누파디세사 니르바나(Anupadhisesa -nirvana). 미혹과 번뇌가 전혀 없는 상태로 죽어서 몸체까지도 영원한 진리의 세계로 들어가는 것을 말한다.

30) 여섯 번째 반론.

31) 그래서 이상에 편중된 사람은 일을 잘 벌이기는 하지만 완성하지는 못한다.

32) *로베스피에르(1758~1794)는 프랑스혁명 당시 급진적 자코뱅당 지도자로 공포정치를 시행하여 2만여 명을 단두대에서 처형했으며, 자신도 1794년 테르미도르 반동 때 축출되어 처형당했다.

당통[33] 같은 사람을 봐라. 그들은 처음에 자유, 평등, 박애의 위대한 깃발을 들었지만 나중에는 시민들을 살해하여 그 시체가 들판에 널려 있고 흐르는 피가 도랑이 되어 프랑스 전체가 공포시대로 변하지 않았더냐? 18세기 말에 프랑스인들은 군주라는 말이 나오기만 하면, 마치 목에 가시가 걸리고 눈에 못이 박히는 것처럼, 전세계 민적의 피로 지구를 붉게 물들이겠다고 맹세하지 않았느냐? 그런데 어떻게 십여 년이 채 지나지도 않아 모두들 한패가 되어 황제의 금관을 나폴레옹 1세의 머리에 씌워줄 수 있단 말이냐? 한때의 즐거운 이상은 믿을 수 없는 것임을 알겠구나!" 이 말에 대해 나 역시 반박할 게 없다.

리 군이 말했습니다.[34] "형, 무슨 말씀인가요? 폐단을 말하는 거라면, 어떤 일이든 다 폐단이 있는 거 아닌가요? 세계의 진화는 끝이 없는 것이어서, 시시각각 과도기 속에서 복잡하게 진행됩니다. 만일 정치·사회·역사상에서 완벽한 일을 찾으려고 한다면 아마 천년만년이 더 지나도 찾을 수 없을 겁니다.[35] 오늘날 세계에 성행하고 있는 대의제는 우리들이 꿈속에서도 바라는 것이 아닙니까?

---

33) *당통(1759~1794)은 프랑스혁명의 주역으로 군주제를 무너뜨리고 프랑스 제1공화국을 세우는 데 주도적인 역할을 했으나 공포정치의 책임자로 단두대에서 죽음을 맞았다.
34) 일곱 번째 반론.
35) 이 가르침은 실로 무한한 논리를 포함하고 있는데, 바뀌도 끝내 완벽하지 못한 이유가 된다.

그렇지만 대의제에도 폐단이 있는 법인데,[36] 그 폐단 때문에 대의제조차 못마땅한 것이라고 한다면 말이 되겠습니까? 제 생각엔, 세상의 정책은 모두가 과도적인 것이어서, 매우 타당한 말이다. 이 시대에서 다른 더 좋은 시대로 나아갈 수 있으면 좋은 정책이라고 할 수 있다고 봅니다. 좋고 나쁨은 결코 판에 박은 듯이 결정해서는 안 되며, 항상 그 시대와 상응하는지 여부를 기준으로 삼아야 합니다. 프랑스대혁명 당시 그들이 혁명을 하지 않으려 해도 그렇게 될 수 있었겠습니까? 프랑스대혁명이 어떻게 로베스피에르나 롤랑부인[37] 몇 사람만으로 가능한 일이었겠습니까? 자연 진화의 풍조가 이 몇 사람을 무대에 올려 배우가 되게 한 것에 불과합니다. 당시의 행동에 대해서는 저처럼 성격이 거친 사람이라 하더라도 결코 로베스피에르 편을 들어 그에게 잘못이 없었다고 할 순 없을 겁니다. 하지만 이 잘못을 전부 그들에게 돌린다면 공정한 담론이라고 할 수 없죠. 그때 국왕과 귀족이 외국과 내통하지 않고 오스트리아 프러시아 연합군이 군사를 이끌고 와서 위협하지 않았다면, 프랑스 국민이 왜 분노하고 실성하여 그런 상황에까지 이르렀겠습니까?[38] 형, 생각해보세요. 집안에 분쟁이 있다고 하여 외부인에게 칼을 가지고 들어와 간섭하고 압박하라고 요청하는 그런 도리가 세상 어

---

36) 서양 학자의 저서 가운데 대의제의 폐단을 인급한 책이 매우 많은데 프랑스 푸리에의 책이 가장 신랄하다.

37) *롤랑부인(1754~1793)은 프랑스의 작가이자 프랑스 혁명의 지도자로 지롱드파의 흑막 같은 존재였기 때문에 '지롱드파의 여왕'이라는 별칭을 얻었다.

38) 거침없는 한 편의 프랑스대혁명론이다.

디에 있습니까? 만일 그때 프랑스인들이 한마음으로 분노하지 않았다면 손에 얻은 자유의 권리를 예전처럼 잃어버리는 상황을 목도했을 것입니다. 이건 아무것도 아닙니다. 국왕이 외국의 군대에 기대어 세력을 회복하면 그들에게 사례해야 하고 그렇게 되면 외국 세력이 침입하지 않을 수 없는데, 역사상 찬란하고 명예로운 프랑스를 폴란드와 같은 꼴로 만드는 것이 아니겠습니까?[39] 프랑스인들의 애국심은 매우 강한데, 어찌 우리 중국인처럼 민적에 기대어 조상들이 물려준 유산을 쪼개버리고 팔아먹고 잃어버려도 대수롭지 않게 여길 수 있었겠습니까? 형, 당시 그들의 입장에서 생각해보세요. 그런 악독한 일을 참을 수 있겠습니까? 결국 그들은 연합군을 물리치고 공화정을 확립하여, 비록 국내적으로 원기(元氣)가 많이 손상되었지만 국외적으로는 많은 영광을 얻을 수 있었죠.[40] 이렇게 원기가 손상된 일을 누가 애석하지 않다고 하겠습니까? 그렇지만 우리는 일을 논할 때 한 면만을 보아서는 안 됩니다. 프랑스가 한바탕 대혁명을 겪지 않았다면, 여전히 루이 16세 정부의 부패한 정책이 지속되어 프랑스의 원기가 손상될 수밖에 없었을 겁니다. 논리가 죽순을 벗기는 것처럼 한 겹을 벗기면 한 겹이 깊어져 나는 정말로 그를 반박할 방법이 없다. 만일 원기가 극단까지 억눌리지 않았다면 어떻게 경천동

---

39) 본국의 내부 분쟁에서 외세를 빌려 도움을 받으려는 것이 망국의 최대 근원이다. 인도, 폴란드가 모두 동일한 길을 걸었다. 애국자들은 정말로 이 점을 염두에 두어야 한다.

40) 당시 프랑스 시민이 구천에서 영혼이 살아 있다면 리 선생이 그들을 대신하여 원한을 씻어준 점에 대해 감사해야 할 것이다.

지할 참극이 일어날 수 있었겠습니까? 당시 프랑스 국민들이 참고 아무 소리도 내지 않은 채 모두가 민적이 하는 대로 내버려두었다면, 현재 지도상에서 프랑스란 이름조차 벌써 사라져버렸을지 모릅니다.

다시 나폴레옹에 대해 얘기해보죠. 형, 형은 나폴레옹이 프랑스인이나 세계 인류에게 미안해야 할 일이 있다고 생각하나요? 그의 본의는 전 유럽을 민주국가로 만드는 것이었습니다. 그가 정복한 곳에 모두 자유의 씨앗을 뿌리지 않았나요? 그가 편찬한 법전은 민권 정신을 담은 것이 아닌가요? 과거 프랑스인들이 전 세계 민적의 피로 지구를 붉게 물들이겠다고 말한 적이 있는데 이 말은 어떻게 해석해야 하나요? 이는 프랑스의 자유 평등의 정신을 세계로 확대하겠다는 뜻일 뿐입니다. 나폴레옹은 이러한 이념을 실행한 것이 아닌가요?[41] 이렇게 본다면, 당시 프랑스인은 전권을 그에게 주어 학정에 핍박받고 있는 전 세계 인민을 대신하여 분노를 발산케 한 것이니, 이는 인민들이 그에게 위임한 일이라고 할 수 있죠. 만일 그때 나폴레옹의 대업이 성공했다면 유럽은 벌써 1807년 이후의 모습으로 변하여, 요 몇십 년 동안 혼란에 빠진 국민들이 편안하게 살지 않았을까요? 오늘날의 우리가 어떻게 일의 성패만으로 사람을 평가할 수 있겠습니까?"

황 군이 말했습니다. "아우야, 너는 프랑스에서 1, 2년을 공부한

---

41) 나폴레옹의 인격은 결국 알렉산더, 칭기스칸과 달랐는데, 이것은 역사가들의 공론이다.

것인데 어떻게 이토록 프랑스를 숭배하게 되었느냐?[42] 너의 말솜
씨는 대 변호사의 재목감이라고 할 만하니, 앞으로 프랑스인이 역
사 문제로 소송을 하면 반드시 너를 변호사로 고용하려 할 거다."
재치 있는 말로 웃음을 자아낸다.

리 군이 정색하며 말했습니다. "형, 무슨 말을 하는 거예요? 나
리취빵은 애국 남아로 조국 이외에 숭배하는 나라가 없습니다.
내가 프랑스를 숭배한다는 건가요?"의지가 강한 사람의 말이다. 황 군이
말했습니다. "고지식한 아우야, 농담으로 한 말인데 멀 그리 정색
하느냐?"

리 군이 말했습니다. "형이 한번 반박해보세요."

황 군이 말했습니다.[43] "아우야, 너의 논리엔 많은 결점이 있다.
내가 이제 상세히 반박해보마. 나폴레옹에 대한 발언에서는 견강
부회한 논리임을 면하기 힘들다. 나폴레옹이 활약한 18~19세기 교
차기는 바로 민족주의가 극성한 시대인데, 그는 오히려 이러한 풍
조에 역행하며 상이한 종족, 종교, 언어를 지닌 많은 국민을 하나
로 묶으려 했다. 이것이 가당한 일이냐? 모스크바와 워털루 전쟁에
서의 두 차례 패배가 없었다면 나폴레옹 황제체제하에서 공화국이
성립될 수 있었겠느냐?"

---

42) 이것은 놀리는 말이지만 깊은 뜻이 내포되어 있다. 대체로 사람들이 어떤 나라에
   서 유학을 하면 종종 그 나라 국민의 기질로부터 영향을 받는다. 그래서 나라를
   선택할 때 신중해야 한다.
43) 여덟 번째 반론.

리 군이 말했습니다.[44] "형, 민족주의에 대해서는 얘기하지 않겠습니다. 이 정도만 해도 형은 총명한 사람이라 더 얘기할 필요가 없을 것 같네요. 현재 우리 중국의 주권은 자기 민족에게 있습니까 아니면 다른 민족에게 있습니까? 나폴레옹은 이러한 부조리에 저항했지만 19세기 초반 당시에 성공하지 못했습니다. 오늘날에도 이러한 부조리에 저항하고 있지만, 설마 20세기 초반인 오늘날에 성공할 수 있다고 생각하는 건 아니겠지요?" 기세등등하다.

황 군이 말했습니다.[45] "나는 지금 조정과 아무런 관계도 없는데, 내 입장이 국민은 보지 않고 조정만을 생각하는 것이겠느냐? 내 생각엔, 조정의 일을 방해하지 않는다면 국민이 바라는 목적을 달성할 수 있으니 이게 바로 국가의 행복이 아니겠느냐? 지금 조정에 대해 말하자면, 삼백 년 전에는 우리와 다른 나라였지만 오늘날에는 거의 쌍둥이로 변해 서로 나눌 수 없게 되었다. 그들이 한족을 대하는 방법은 원나라 시대에 비해 훨씬 공정해졌고, 과거 오스트리아가 헝가리를 대하거나 스페인이 필리핀을 대하는 것에 비해 심하게 속박하지 않아, 나라의 모든 권리, 의무가 한족과 만주족이 거의 평등해졌다. 전제정치[46]에 대해 말하자면, 이것은 중국에 수

---

44) 아홉 번째 반론.

45) 열 번째 반론.

46) 중국의 정치체제는 전제가 아니라고 하지만 극단적인 전제이며, 자유가 없다고 하지만 극단적으로 자유롭다. 요컨대 조정과 인민이 아무런 관계도 없다는 것이다. 그래서 어떤 사람이 그 자리에 앉든지 간에 중국의 정치와는 아무런 상관이 없다. 근래 전제정치가 더욱 진화하여 직접 인민을 학대하는 정치가 더욱 줄어들

천 년간 누적되어온 고질병이라 이 원한을 어느 한 성씨에게 돌릴 수 없네. 우리 중국이 오늘날 민주의 지위로 한걸음 상승하면 그만 이지만 아직 그럴 수 없다면 군주의 자리를 한 사람에게 맡겨야 하네. 그러나 국회가 있고 정당이 있고 민권이 있어서 영국이나 일본과 동등하게 될 수 있다면, 그때 이 자리에 누가 앉든지 마찬가지지 않겠는가? 그 사람이 같은 민족이 아니라고 싫어한다면 우리 4억 민족 가운데 어떤 사람이 그런 자격이 있단 말인가? 이 말에 대해 나 역시 반박할 게 없다. 아우야, 자유를 사랑하고 평등을 사랑하는 내 충심이 너 못지않다는 건 분명 너도 잘 알거다. 하지만 나는 항상 평화로운 자유를 사랑하고 질서 있는 평등을 사랑하는지라, 너의 격렬한 논리를 들으면 늘 국민을 대신하여 놀라고 걱정이 되어 줄곧 찬성할 수 없었던 게다."

리 군이 말했습니다.[47] "저도 어떤 한 성씨의 사람과 반드시 원수가 되려는 것은 아닙니다. 다만 정치학의 공리에 따르면 정권이 항상 다수의 손에 있어야 그 나라가 비로소 안정될 수 있습니다. 세상 어디에 4억의 주인이 5백만의 이민족에게 통치받는 경우가 있나요? 인류의 천성은 늘 자신의 이익을 우선하고 타인의 이익을 뒤로 하죠. 그래서 주권이 소수에게 있으면 틀림없이 소수는 이익을 얻지만 다수는 해를 입게 되고, 주권이 이민족에게 있으면 틀림없이 이민족은 이익을 얻지만 주인은 손해를 보게 될 겁니다. 이러한

_____

었다.

47) 열한 번째 반론.

이해관계의 두 당사자는 결코 양립할 수 없습니다.[48] 그러나 오늘날 우리는 그 사람이 다수인지 소수인지 이민족인지 주인인지 막론하고, 결국 정치상의 책임에 대해 논해야 합니다. 논의가 한걸음 더 나아가니 갈수록 긴장된다. 국민 공동의 국가에서 어떻게 어리석고 비열한 사람들이 국가를 망치고 있는 것을 안타깝게 바라만 보고 있겠습니까? 그가 누구든지 지위를 맡고 있으면 그 책임을 저야 합니다. 들으시오. 책임을 다하지 못하면 스스로 물러나야 합니다. 들으시오. 물러나지 않으려 하면 물러날 것을 권해야 하고, 권해도 듣지 않으면 듣지 않을 수 없도록 방법을 강구해야 합니다. 들으시오. 현재 문명 각국의 책임내각제가 그렇게 하고 있지 않습니까? 입헌국가에서 군주가 저야 할 책임이 없다면, 비판의 대상은 당연히 군주가 아닙니다. 주공이 성왕을 보필하는데 성왕에게 잘못이 있으면 백금을 때렸던 것처럼, 재상과 대신들을 바꾸면 그만입니다. 만일 모든 정사의 책임이 최고 권력자 한 사람의 손에 있을 경우, 당연히 국민에게 무슨 불만이 있으면 모두 그에게 물으려 할 것입니다.[49] 형은 지금 조정과 아무 관계가 없다고 했는데 나 역시 지금 조정과 무슨 원한이 있겠습니까? 피차 공적인 일로 논한 것이며 사적인 감정에 의한 것이 아님을 알겠구나. 나는 이 책임의 소재를 분명하게 밝히려 합니다. 그 자리에 있으면서

---

48) 루소, 벤담, 밀, 스펜서 등의 정치학 원리에서 이점을 총괄하고 있다.
49) 아직 이 원리를 이해되지 않는다면 점포를 비유로 들이보자. 백성이 바로 주인이고 군주와 재상은 주인이 선택한 점원이다. 점원이 책임을 다하지 않는다면 어떻게 해야 되겠는가?

그 책임을 다하지 않는 사람이라면, 동서남북의 이민족은 말할 것
도 없고 족보상에서 그가 조상이고 황제 헌원씨의 적통 자손이라
할지라도, 나 리취빙은 그와 맞설 것입니다." 통쾌한 말이로다.

황 군이 말했습니다.[50] "아우야, 너의 논리를 누가 부정하겠느
냐? 내가 보기엔, 이상적으로 좋은 것이 반드시 실제로도 좋은 것
은 아니다. 네가 말한 한 나라의 정권이 항상 대다수의 손에 있어
야 한다는 것은 루소, 벤담, 밀 등의 대가들의 논리지. 그러나 이러
한 학설은 현재 유럽에서 이미 지나간 진부한 말로 취급되고 있다.
다수 정치는 장래에 혹은 가능한 시기에 이루어지겠지만 현재는
오히려 유명무실한 것이다. 현재 각 입헌국은 의회정치를 하고 있
지만 이것이 어찌 다수에 의해 결정되는 것이겠느냐? 엄정하게 보
자면, 그것은 진정한 다수가 아니라 정당의 영수 몇 명의 뜻에 따
르는 것이 아니겠느냐?[51] 아우야, 각국 의회의 의원석에 대해선 분
명 너도 많이 들어봤을 게다. 영국은 6백여 명의 의원, 프랑스는 5
백여 명의 의원, 일본은 3백여 명의 의원이 있는데, 그들 가운데 의
회에서 발언하는 사람이 몇 명이나 되겠느냐? 다수 정치는 그냥 말
에 불과할 따름이다. 하지만 이 정치체제에 대해 누가 좋지 않다고
말할 수 있겠느냐? 세계 인류는 선천적으로 불평등한 특성을 지니
고 있어서 통치자가 소수이고 피통치자가 다수인 것은 절대 피할

---

50) 열두 번째 반론.
51) 의회정치의 폐해조차 끄집어내고 있으니 참으로 정치가의 두뇌이다.

수 없는 일이다.[52] 책임에 대해 말하자면, 이것이 정치학상의 금과 옥조라는 점은 아우도 이 형과 같은 생각일 거야. 그러나 현재 중국의 인민 가운데 누가 스스로 이 책임을 다할 수 있겠느냐? 현재 민간지사라고 불리는 사람들에게 신정부를 조직하게 하더라도 그들이 책임을 다하지 못하여 현 정부와 별 차이가 없다면 국력에 얼마 만한 진보를 가져다 줄 수 있겠느냐? 민간지사는 시급히 반성해야 한다. 아우야, 정치 진화에는 일정한 단계가 있어 갑자기 단계를 뛰어넘을 순 없는 법이다.[53] 아우야, 너는 유럽에 몇 년 거주하면서 다른 나라의 문명에 익숙해져 자기 본국의 실정을 모두 잊어버린 것 같다. 하루아침에 다른 나라의 장점을 선박이나 기차로 옮겨오고 싶다고 하여 이게 가능하겠느냐? 착한 아우야, 시대의 흐름을 잘 파악해야 하네."

리 군이 여기까지 듣고 나더니 화난 얼굴로 이어서 말했습니다.[54] "형은 내가 프랑스를 숭배한다고 했지만, 나는 프랑스를 숭배하지 않습니다. 내 보기엔, 형이 오히려 독일에서 몇 년간 공부하더니 말투가 좀 독일인을 숭배하는 듯하네요. 이건 그렇다 치더라도, 어떻게 러시아의 대 민적인 스톨리핀[55]의 개 같은 소리에 부화

---

52) 루소의 천부인권론이 이런 논리에 압도되어 근래 서구에서 영향력을 상실하고 있다.

53) 일본이 정진한 지 30년이 되었지만 아직 유럽에 미치지 못한다. 정치 진화가 정말로 쉽지 않음을 알겠다.

54) 열세 번째 반론.

55) 스톨리핀은 현재 러시아 종교총감독을 맡고 있다. 근래 『정당과 의회의 병폐』라

뇌동하려는 겁니까? 형은 의회정치는 다수가 아니라 소수에 의한 것이라고 했는데, 여기서의 소수가 민적의 소수와 확연히 다른 것임을 어떻게 모르십니까? 정당 영수의 수는 소수이지만 당 전체의 뜻을 대표하며, 이 당이 다수당이면 바로 다수 국민의 뜻을 대표하게 됩니다. 정당은 서로 권력 투쟁을 합니다. 정당의 목표가 공적이든 사적이든 상관없이, 요컨대 국민을 위해 노력하려는 데에 있기 때문에, 신문지상에서든 연단에서든 자신의 정책이 국가와 국민에 어떻게 이익이 되는지 얘기합니다.[56] 만일 합리적이지 않다면 국민들이 따르려 하겠습니까? 또 말만 하고 시행하지 않는다면 국민이 받아들이겠습니까? 이렇게 보면, 정당이 어떠한 방법을 정권 쟁취의 수단으로 삼는다 하더라도 그 과정에서 국민은 부지불식간에 수혜를 받게 되는 것이죠. 게다가 정당정치는 집권당에서 한두 가지 일에 책임을 다하지 않으면 국민이 바로 들고 일어나 책임자가 즉각 사직하고 다른 당에 이양됩니다. 소수가 나라 일을 대표하기는 하지만 그 소수가 나라 일을 독점하는 것은 아닙니다. 대리와 독점을 분명하게 구별해야 한다. 그런데 어떻게 인류가 선천적으로 불평등하다는 것을 구실 삼아 민적의 교활한 짓을 찬성하려는 겁니까? 또 시세(時勢)에 대해 말씀하셨는데요, 한 시대의 시세는 영웅호걸이 만드

는 책을 저술했는데 각국에서 경쟁적으로 번역하였다. 이 책의 시각이 완고하기는 하지만 오늘날 서구의 병폐를 많이 통찰하고 있다.

56) 정당정치의 좋은 점은 모두 국민을 위해 노력하는 데 있다. 국민을 위해 노력하면 국민이 자연스레 권리를 가지게 되고, 국민에게 권리가 있으면 정치는 자연히 좋아지게 된다.

는 것이 아닙니다. 시세를 만들 영웅이 없다는 점에서 현재의 유럽이 현재의 중국과 마찬가지라고 여길지 모르지만, 이는 올바른 생각이 아닙니다. 형, 시세에 대해 얘기하지 않으면 그만이지만 시세를 말한다면, 현재 중국의 시세는 18세기 말 19세기 초 유럽의 시세와 바로 일치합니다. 루소, 벤담 등의 논리는 현재 유럽에서 전시된 골동품으로 변했지만 오늘날 중국에서 오히려 가장 적합한 것입니다. 형은 내가 단계를 뛰어넘는다고 했는데, 인민주의 시대를 넘어 국가주의 시대로 진입하려는 형의 생각이야말로 단계를 뛰어넘는 거라고 해야겠죠."[57]

　황 군이 말했습니다.[58] "그렇지 않다. 사회학상의 원리는 반드시 간섭정책을 거쳐야 자유정책으로 나갈 수 있다는 것이다. 아우야, 너는 프랑스대혁명이 19세기 유럽의 원동력이라는 것만을 알고 이 대혁명에도 그것을 유발한 원동력이 있다는 점은 모르고 있다. 그 원동력이 무엇인가? 바로 간섭정책이다. 유럽은 프랑스 콜베르, 영국 크롬웰이 집권한 이래 보호 간섭정치가 크게 성행하자, 각국 정치가들이 그들을 배워 이것이 강국의 최고 수단이라고 여겼지. 그 후 민간의 모든 일을 간섭하게 되었는데 이런 정치체제를 오늘날 좋다고 할 수 있겠느냐?[59] 하지만 민지가 아직 개발되

---

57) 19세기 상반기는 인민주의 시대이고 하반기에 점차 국가주의 시대로 진입한다.

58) 열네 번째 반론.

59) 각종 유력한 이론을 통해 하나하나 반론하는데 갈수록 치열하다. 가슴에 만권의 책이 없으면 그 글자조차 알 수 없을 것이다.

지 않고 민력이 충분하지 않을 때는, 아이들처럼 부모의 성실한 관리와 지도가 있어야 비로소 사람이 될 수 있다. 공평하게 논하자면, 현재의 유럽 문명 형성에 있어 이 간섭정책이 조금의 공로도 없었다고 할 수 있겠는가?[60] 이러한 과정을 거치지 않았다면 그들의 국력과 민력이 이 정도까지 강해질 수 있었겠느냐? 우리 중국은 비록 전제정치이기는 하지만 집권자들은 줄곧 국민의 일에 간섭한 적이 없었다."

리 군이 끼어들어 말했습니다. "그들이 간섭하지 않았다면 그만이죠. 천지에 감사드릴 일입니다."

황 군이 말했습니다. "말은 이렇게 해도 간섭정책과 애국심은 매우 밀접한 관계에 있다. 이것은 몇 차례의 논의를 거친 견해이다. 우리 중국인은 세금과 소송의 두 가지 일을 제외하면 국가와 관계하는 일이 없지. 국가가 국민을 신경 쓰지 않을 뿐 아니라 국민도 마찬가지로 국가를 신경 쓰지 않았다. 그래서 국민은 국가가 번창해도 무관심했고 국가가 망해도 무관심했고 집권자가 좋아도 무관심했고 집권자가 나빠도 무관심했던 것이지. 다른 사람은 이것이 자유가 없기 때문이라고 하지만 나는 이와 다른 기이한 생각을 하고 있는데 바로 간섭이 없기 때문이라는 거지.[61] 참으로 기이한 듯하지만 기이하지 않은 말이다. 아우야, 이 말을 믿지 못하겠다면 현재 중국인의 국가사상을

---

60) 역사 지식이 박학하다.
61) 서구 국가에서는 간섭과 자유 두 가지 정치가 줄곧 발달했지만, 중국에서는 두 가지 정치가 모두 발달하지 않았다. 정말로 이상한 일이다.

18세기 말 프랑스인과 비교해보는 것이 어떻겠냐? 그때 프랑스의 시세가 바로 현재 중국의 시세라고 할 수 있을까? 내 생각엔, 수천 년 동안 중국의 군권이 지나치게 강하기는 했지만 오늘날 이를 활용할 수 있다면 마지막으로 한 번 해보고 싶다. 만일 성군과 대신들이 권력을 잡고 간섭정책을 크게 시행하여 일시에 국민의 일을 가지런하게 정돈하고 모든 일을 발전시킬 수 있다면, 이 어찌 노력에 비해 공이 적다고 하겠는가?[62] 10년, 20년이 지나 민지가 개발되고 민력이 강해지면 다수정치로 변하지 않을까 걱정할 필요가 있겠느냐? 다수정치가 되면 이민족이 권력을 빼앗을까 걱정할 필요가 있겠느냐? 내가 말하는 평화로운 자유, 질서 있는 평등은 바로 이러한 것이니, 아우도 한번 생각해보아라."

리 군이 말했습니다.[63] "형의 말에 따르자면 이는 조정의 집권자들에게 기대를 거는 것이 아닙니까? 그들이 그렇게 하지 않으면 어떻게 하죠? 형, 망상에 빠지지 마세요. 그들이 그렇게 한다 하더라도 연합군 침입과 같은 사건을 겪고 나면 또 입장을 바꾸지 않겠습니까? 현재 만주 조정은 태평성대를 누리는 듯한 모습이지만, 그들의 부패함은 경자년 이전보다 열 배 이상 심합니다. 형, 목을 펴고 백 몇 십 년을 기다려보세요. 그 평화로운 자유, 질서 있는 평등이 오는지!"달변이면서 고집 센 사내로다.

---

62) 중국 국민은 정치를 바꾸는 데 있어 서구인보다 얼 배나 더 잘한다. 장점도 여기에 있고 단점도 여기에 있다.
63) 열다섯 번째 반론.

황 군이 말했습니다.[64] "아우야, 그런 뜻으로 말한 게 아니다. 현재 영국, 일본의 정치체제가 어찌 조정 집권자들에게 기대를 걸어 만들어진 것이겠느냐? 민간 지사들이 매일 곳곳에서 운동을 한 덕분에 기회가 성숙되어 자연스레 손에 넣은 것이지. 아우야, 현재 영국의 민권과 프랑스의 민권 가운데 어디가 강한지 보아라! 민권이 있고 없음이 어떻게 한 사람에게 달린 것이겠느냐? 게다가 현재 황제가 이렇게 인자하고 영명하시니 어떻게 조금의 희망도 없다고 할 수 있겠느냐?"

리 군이 여기까지 듣더니 한숨을 쉬며 말했습니다.[65] "현재 황제가 인자하고 영명하신 점은 내 비록 지척에서 용안을 뵌 적은 없지만 믿을 수 있습니다. 하지만 형은 모든 전제군주국의 실권이 어디에 있는지 알아야 합니다. 어찌 황제에게 있겠습니까? 루소의 『사회계약론』에서 한 말이 맞습니다. 왕족과 대신들의 지위는 표면상으로 황제 일인 아래에 있고 만인의 위에 있지만, 실제로는 황제를 속박하는 것이 어떤 때는 일반 사람보다 몇 배나 심합니다. 지금 러시아 황제[66]가 바로 좋은 예가 아닙니까? 신문의 보도에 따르면, 그가 몇 차례 왕좌에서 물러나 태자에게 자리를 이양하려 한 것은 모두 태후와 귀족 권신들의 성화를 견디지 못했기 때문이라고 합

---

64) 열여섯 번째 반론.
65) 열일곱 번째 반론.
66) * 러시아의 마지막 황제(1895~1917 재위)이며 무능하고 전제적인 통치자라고 평가받는 니콜라이 2세를 가리킨다.

니다. 다시 중국에 대해 말하자면, 몇천 년 동안 크고 작은 군주들이 거의 천여 명이나 되었지만, 진정으로 자신이 전권을 쥐었던 이는 열 명 스무 명 남짓이나 되겠습니까?[67] 현재 황제가 비록 인자하고 영명하시지만 권력을 쥐지 못하고 있습니다. 그래서 나라와 국민을 구하려고 하지만 마음만 있을 뿐 그럴 힘이 없습니다. 황제가 만일 민간의 어떤 사람이 한 마음으로 그를 도와 나라의 폐해를 제거하려 한다는 소식을 듣는다면, 아마 좋아서 입조차 다물지 못할 것입니다. 재치 있는 말이다. 형, 제가 잠시 묻겠습니다. 형이 말하는 지사 운동은 도대체 어떠한 운동방법을 취해야 하는 것입니까? 기회가 성숙한 때라는 것은 도대체 어떤 상황이 되어야 성숙하다고 하는 것입니까?"

황 군이 말했습니다.[68] "운동방법을 어떻게 단정할 수 있겠느냐? 단지 평화로운 방법으로 교육, 저서, 전보, 연설, 상공업 진흥, 의용군 양성 등과 같은 사업을 할 뿐이다. 아마도 집권자들에게 유세하여 지성으로 그들을 감동시키고 이해관계를 통해 그들을 일깨워, 우리나라의 상하 관민 십분의 일이 애국심이 생기고 구국의 활로를 이해한다면, 이때가 바로 기회라고 할 수 있을 거다."

리 군이 말했습니다.[69] "형, 형은 너무 충직하십니다! 다른 문제

---

67) 『홍루몽』에서 정문(晴雯)이 "빈 명성만 짊어진다는 것을 일찍이 알았다."고 운운한 말을 전제군주에게 보내줄 수 있을 것이다.
68) 열여덟 번째 반론.
69) 열아홉 번째 반론.

는 제가 감히 단정할 수 없지만, 중국의 관료사회를 어떻게 지성으로 감동시킬 수 있겠습니까? 벼슬이 오르고 돈을 버는 연줄이 되기만 하면 당신이 그를 돼지니 개새끼니 후레자식이라고 불러도 그는 연이어 십여 곡의 번창의 노래를 부를 것입니다. 그들은 조상 대대로 전해온 우러르며 굽신거리는 얼굴과 아첨하는 재주를 줄곧 본국의 권력자들에게 사용했는데, 최근에는 외국인들 앞에서 그렇게 하고 있죠.[70] 오늘은 공사를 청하여 술을 마시고 내일은 공사 부인을 청하여 연극 보는 것을 외교상의 최고 묘책으로 삼고 있는데, 윗사람이 하는 일을 아랫사람이 모방하여 그런 행태가 빠르게 확산되고 있습니다. 현재 외국인의 노예가 되는 것을 치욕으로 여기지 않을 뿐 아니라 마땅히 분담해야 할 일로 생각하고 있고, 마땅히 분담해야 할 일로 생각할 뿐 아니라 영광이자 복된 일로 여기고 있죠. 외국인의 보살핌을 받으면 마치 벼슬에 올라 명성이 열 배나 높아지는 것 같아서, 편지를 보내고 집 앞에서 기다리고 뇌물을 쓰고 아부를 하는 농간이 각국의 외교관과 영사관에서 벌어지고 있습니다. 형은 독일 총사인 발더제[71]의 말을 들어보지 못했습니까? 그는 베이징에서 즐거운 일이 없으면 만주족 모 시랑 집에

---

70) 이러한 욕설은 충직한 사람들의 마음을 아프게 하지만, 귀신 같고 여우 같은 저 사람들의 행태를 보면 삼천년 동안 무지하게 살아온 사람들의 분통을 절로 터지게 한다. 단번에 정곡을 찌르고 있으니, 참으로 사악한 중생을 구제하는 법문 이다.

71) * 발더제(1832~1904)는 의화단 사건 당시 빌헬름 2세가 임명한 연합군 총사 령관.

가서 그의 첩들을 만나는 것이 제일 유쾌하다고 말합니다. 실제로 그런 사람이 있고 그런 일이 있다. 형, 이런 추한 말들에 대해 제가 공연히 화를 내는 것은 아닙니다. 노예가 된 사람들이 바로 우리나라의 상류층 인물이기 때문이죠. 현재 정부를 보세요. 외국인이 방귀를 뀌면 모두들 향기롭다고 하고, 무엇을 원하면 공손하게 그것을 가져다줍니다.[72] 외국인이 어떤 일을 하라고 하면 똥오줌 싸듯이 그 일을 하고 어떤 사람을 죽이라고 하면 서둘러 칼을 갈아 그 사람을 죽입니다. 형, 형은 지성으로 그들을 감동시키려 하지만 아마 태산의 돌멩이를 설득하는 것이 더 쉬울 겁니다! 그들과 이해관계에 대해 얘기하더라도 시야가 5촌(寸) 앞도 내다보지 못할 정도이기 때문에, 국가에 이익이 된다 하더라도 어떻게 자신의 재산에 손해되는 일을 견디겠습니까? 또 국민에게 이익이 된다 하더라도 어떻게 자신의 관직에 해가 되는 일을 견디겠습니까? 이런 사람들을 형이 어떻게 바른 길로 인도할 수 있겠습니까? 형이 만일 중국이 열강에 의해 분할(瓜分)된 후에는 당신의 재산과 관직도 없어질 것이라고 말한다면, 그들은 바로 다음과 같이 말할 겁니다. 분할이 아주 빨라야 8년, 10년이 더 걸릴 터인데 신경 쓸 게 뭐 있느냐, 눈앞에서 분할되기 시작하면 나는 이미 상하이 조계에서 몇 채의 서양식 집을 사고 홍콩상하이은행[73]에 몇십만 냥의 은자를 저축해놓았을 텐데

---

72) 근래 영국이 후난 교안 문제를 놓고 협박하고 있는데, 조금이라도 마음이 있는 사람이라면 격분하지 않을 수 있겠는가?

73) *후이펑(匯豐)은행은 HSBC 은행의 중국명으로 흔히 홍콩상하이은행이라고 부

내가 걱정할 필요가 뭐 있겠느냐?[74] 관리 여러분, 스스로 가슴에 손을 대고 생각해보십시오. 리췬뻥이 도대체 왜 여러분들을 욕하고 있는지. 형, 현재 관리 사회에서 한 명이라도 이런 생각을 갖지 않는 자가 있겠습니까? 관리 사회를 개혁하겠다는 생각을 버리세요!

리 군이 여기까지 말하더니 연이어 한숨을 쉰 후 다시 말했습니다. "아이고! 내 생각엔, 형의 평화방법을 사용한다면 형이 운동하는 동안 중국이 벌써 망했을는지도 모릅니다. 나는 서양인들이 중국은 마치 삼십 년 동안 청소하지 않은 외양간처럼 내부에 똥이 가득 차 그 속을 알 수 없다고 말하는 걸 항상 들었습니다. 이 말은 악독하기는 하지만 정확한 비유입니다. 형, 생각해보세요. 청천벽력 같은 수단을 사용하여 서양 의학에서 전염병균을 치료하듯 깨끗하게 쓸어버리지 않으면 이곳에 계속 살 수 있을까요?"이것은 염세주의적인 말이 아니니 오해하지 마시라.

황 군이 말했습니다.[75] "아우야, 말이 너무 과격하구나. 우리들이 이 몸을 바쳐 나랏일을 하는 것이 어찌 이런 참을성도 없는 사람을 위한 것이겠느냐? 한 사람을 죽여 한 사람을 구하는 것도 불가한 일인데, 하물며 현재의 대다수를 죽여 미래의 소수를 구하겠느냐![76] 이러한 크고 작은 민적들을 누가 미워하지 않겠느냐? 다만

른다. 1865년 홍콩에 진출한 스코틀랜드 상인들이 중심이 되어 설립되었다.

74) 나는 작가의 지혜가 얼마나 넓은지 알지 못하겠다. 어떻게 말을 마치 그 사람이 하는 것처럼 만드는 것인가?

75) 스무 번째 반론.

76) 인자한 사람의 말은 마음을 따스하게 한다.

미워해야 할 대상은 민적이지 국민이 아니다. 만일 혁명이 일어나면 분명 옥석이 모두 불타버리는 일을 피할 수 없을 게다. 민적은 소수에 불과하지만 국민은 다수를 차지하고 있어서 국민이 이런 재난 속에서 해를 입지 않겠느냐? 나도 너의 파괴의 마음이 건설을 위한 것임을 알고 있다. 그러나 파괴만 되고 아직 건설되지 않을 때의 비참한 상황을 어떻게 말로 다 표현할 수 있겠느냐? 나는 프랑스 혁명사를 읽을 때마다 모골이 송연하고, 미래를 생각하면 가슴이 두근거려 얼마나 힘들지 알 수가 없구나! 아우야, 우리는 앞으로 이런 재난을 피해야 한다. 그 이유는 바로 이 때문이란다." 황 군이 여기까지 얘기하더니 자신도 모르는 사이에 몇 줄기 영웅의 눈물을 흘렸습니다.

리 군도 놀라며 표정을 바꾸어 말했습니다.[77] "형, 저도 목석이 아닙니다. 국민이 피를 흘리는 것을 즐거워하겠습니까? 그러나 이 일을 이미 수천 번 생각해보았고 속이 거의 문드러질 지경입니다.[78] 오늘날 중국은 파괴해야 할 것도 파괴하고 파괴하지 말아야 할 것도 파괴하고 있는데, 그 차이는 파괴의 주체가 민적인지 난민인지 인자한 선비인지에 달려 있습니다. 만일 인자한 선비가 파괴의 일을 맡으면 파괴하면서 건설할 수 있기 때문에 중국을 움직이게 할 수 있을 겁니다. 그러나 민적이나 난민은 시종 파괴하려 들

---

77) 스물한 번째 반론.
78) 리 군이 인학에 힘을 쓰는 것은 황 군에 뒤지지 않는다. 진정으로 파괴의 일을 하려는 사람은 성품이 매우 인자해야 한다는 점을 반드시 알아야 한다.

기 때문에 그 일은 참으로 생각하고 싶지도 않습니다. 형, 보세요. 올 일 년 동안 중국이 얼마나 혼란스러웠습니까? 광종, 쥐루, 피양, 차오양, 광시, 쓰촨, 후난 교안(敎案)[79] 사건 등이 그러했습니다. 또요 이틀 사이에도, 펑톈 장군 쩡치(增祺)의 보고에 따르면, 성징(盛京)[80] 북쪽에서 무슨 마적이 군중 15만 명을 모아 포대를 구축하고 화폐를 제조하고 더 나아가 홍무[81] 2년이라는 연호를 만들었다고 합니다. 연달아 이런 사건들이 일어나 잠시라도 멈춘 적이 없습니다. 형, 앞으로 중국의 혼란이 지금보다 열 배 이상 더 심할까 걱정이 되네요! 세금을 늘려 관리들 월급 올려주고, 포악한 통치로 불법징수 하는 것이 바로 혼란의 대근원입니다. 또 소위 경제문제는 곧 밀려들어 올 전 지구적인 거대한 흐름으로 8년, 10년이 지나면 우리 중국 국민도 안심할 수 없을 겁니다. 경제학은 형의 전공이니 그 이유를 모르진 않겠지요?[82] 그때 가서 혼란이 일어나지 않게 하려면 어디서부터 안정시켜야 하나요? 지금의 정부 집권자들에 대해 더 말하자면, 외국인에게 아첨하는 일이 극도에 달해 있고 외국인은 이들 꼭두각시를 이용하여 간접적인 압력을 행사하고 있습니

---

79) *그리스도교 교회와 중국 토착 세력 간의 갈등으로 인해 불거진 크고 작은 사건. 1840년부터 1900년 사이에 중국 각지에서 400여 건의 교안이 발생한 것으로 알려져 있다.

80) *현재의 선양(瀋陽).

81) *홍무(洪武)는 명나라 태조 홍무제의 연호로 당시 반청복명 운동을 하는 결사들이 사용한 연호임.

82) 앞으로 중국이 피해를 보게 될 것은 정치문제가 아니라 경제문제이다. 현명한 사람이라면 이를 통찰할 수 있을 것이다.

다. 국민과 교회 사이에 작은 분쟁이 발생하면 그들은 바로 권위를 내세워 이해관계가 어느 편에 있는지 보여주며 마음대로 백십 명의 목숨을 도륙해버립니다. 앞으로 관리들에게 이런 일이 생기면 분명 더 가혹하게 처리할 것입니다. 이런 상황에서 격분하지 않을 도리가 있겠습니까? 더욱 격분하고 권리를 더욱 잃을수록, 이런 일들이 장차 전 중국을 망하게 할 것입니다. 형, 형은 파괴가 두렵다고 했지만 그것들을 파괴하지 않을 수 있는 무슨 방법이 있나요? 자연스런 파괴는 18세기 프랑스인이 힘으로 한 파괴보다 열 배는 더 험난합니다! 우리는 참을 수 없는 울분을 바탕으로 하고 있지만, 옥스퍼드 대학 교수 벤자민 키드[83]가 말한 '사회진화의 원리는 현재의 이익을 희생함으로써 미래를 만들어가는 것'[84]이나 서양인들이 항상 말하는 '문명은 피로 만들어낸 것'이라는 점을 기억해야 합니다. 이런 비참한 일은 어떤 나라든 반드시 거쳐야 하는 것이죠. 형이 제일 흠모하는 영국이나 일본의 경우에도 오랜 기간 동안 국회가 황제를 존중하고 봉건귀족을 제거하는 혁명을 거치지 않았다면 어떻게 오늘날이 있을 수 있었겠습니까? 그들은 스스로 무혈혁명이라고 얘기하고 있지만 실제로는 어떻게 피를 흘리지 않았겠습니까? 프랑스에 비해 몇 방울 덜 흘린 것에 불과합니다. 보통 아이

---

83) * 벤자민 키드(1858~1916)는 영국의 사회사상가로, 근대의 합리주의적 일원론(一元論)에 반대하며 낭만주의 철학과 진화론적 생물학이 혼합된 입장에 서서 집단적 통제력에 의한 사회신보를 수장하였다.

84) 실로 가장 침통한 말이다. 제갈공명이 눈물을 흘리며 마소의 목을 베는[泣斬馬謖] 장면을 떠오르게 한다.

가 이빨이 몇 개 날 때에도 며칠 머리가 아프고 몸에 열이 나는 법인데, 하물며 이렇게 큰 나라의 문명 진보가 평온하게 이루어질 수 있다면 세상에 이처럼 사람을 편안하게 하는 일이 어디 있겠습니까? 더군다나 형은 꼭 프랑스의 일을 예로 들고 있는데, 지구상의 혁명의 각본이 프랑스가 연출한 것만 있는 것이 아닙니다. 형, 미국의 일을 생각하면 즐겁고도 즐거울 텐데, 하필이면 프랑스의 일을 고통스럽게 얘기하며 무섭게 만드는 겁니까?”

황 군이 말했습니다.[85] “아우야, 우리가 논의하는 것은 국가 대사다. 공자가 ‘일에 임하여 신중하고 계획을 잘 세워 완성해야 한다.’[86]고 잘 말한 것처럼, 이것이 어떻게 즐겁게 임할 수 있는 일이겠느냐? 네가 말한 미국은 우리 중국의 문제와 차이가 매우 크다. 미국은 본래 튜튼족이 만든 나라로 줄곧 자치능력이 가장 발달하였지. 그들의 조상은 자유를 가장 사랑한 청교도로 본국의 억압을 참지 못하여 신대륙으로 옮겨왔다. 미 대륙에 온 이후 각 주마다 의사당, 시 공회 등을 만들고 본래 정치적인 일에 익숙했기 때문에 영국의 굴레를 벗어나자마자 순풍을 만난 배처럼 즉시 새로운 나라를 세울 수 있었지. 너는 현재 우리 중국이 미국과 비교될 수 있다고 생각하느냐?[87] 중국인은 지금껏 자치제도가 없고 정치사상

---

85) 스물두 번째 반론.
86) 『論語』「述而篇」‘暴虎馮河, 死而無悔者, 吾不與也. 必也臨事而懼, 好謀而成者也.’의 구절.
87) 미국이 국가를 설립할 수 있었던 것은 결코 워싱턴 이후가 아니다. 독자들은 이 점을 주목해야 한다.

이 없어서 전국이 항상 혼란스럽고 체계적인 질서가 전혀 없었다. 이러한 사람들에게 완전한 민권을 줘도 된다고 생각하느냐? 듣자하니, 일본의 도쿄 유학생과 중국의 청소년 가운데 누군가가 자유평등이란 말을 많이 듣더니 공부도 하지 않고 수업도 듣지 않고 날마다 기방에 가서 술이나 마셔대자, 어떤 사람이 그에게 충고하니 '이건 내 자유예요'라고 했단다. 또 자기 아버지에게 쓸 돈을 달라고 했는데 아버지가 주지 않으니 욕을 하고 아버지가 꾸지람하니 '저는 아버지와 평등해요'라고 했단다.[88] 이렇게 터무니없어지니 자유 평등이란 용어가 매우 불순한 말로 변질돼버렸다. 나는 자유 평등을 위해 울고 싶어진다. 그래서 나는 국민의 자치능력이 충분하지 않으면 민권을 거론할 수 없다고 생각한다. 한숨이 나온다. 만일 중국이 오늘날 파괴되기 시작한다면 아마 프랑스대혁명 시대의 참상보다 몇 배나 더 심할지 모르는데, 감히 미국을 바랄 수 있겠느냐? 아우야, 한번 생각해보아라."

리 군이 말했습니다.[89] "형의 말이 맞지만 속담에 나무가 크면 마른 가지가 많다고 했습니다. 큰 나라는 당연히 좋은 것도 있고 나쁜 것도 있으니 어떻게 모든 것을 다 부정할 필요가 있겠습니까?"

황 군이 말했습니다.[90] "일을 논할 때는 항상 여러 방면에서 생

---

88) 세상일은 아주 작은 차이가 커다란 오류를 낳는다. 앞으로 이러한 풍조가 지속된다면 자유 평등을 주장하기 시작한 사람이 그 책임을 지지 않을 수 없을 것이다.

89) 스물세 번째 반론.

90) 스물네 번째 반론.

각을 해야 한다. 프랑스 혁명 때 롤랑부인 당에 어찌 인자하고 의로운 사람이 없었겠느냐? 못된 난민을 막지 못하여 그러한 결말에 이르게 되었을 뿐이다. 아우는 현재 중국인의 인격 가운데 어떤 부류가 많다고 보느냐?"

리 군이 말했습니다.[91] "형, 중국인에게 자치능력이 없다는 말에는 그렇게 동감할 수 없습니다. 중국 지방자치의 역사도 발달했다고 볼 수 있죠. 각성, 향촌, 시, 진 등 어느 곳에도 공소, 향약, 사학, 단련국(團練局) 등 각종 이름의 단체 대표가 있었으니까요. 해외의 화상들의 경우에도 많은 회관이 있는데 이것이 모두 자치제도가 아니겠습니까?"

황 군이 말했습니다.[92] "아우야, 너는 철학을 공부한 사람인데 어떻게 이런 모호한 말을 하느냐? 네가 말한 중국의 자치제도가 어떻게 오늘날 외국의 자치제도와 같은 것일 수 있겠느냐? 외국의 자치는 모두 권리와 의무의 두 가지 사상[93]에서 발생한 것이기 때문에 자치단체는 국가의 축소판이며 국가는 바로 자치단체의 확대판이다. 국가에도 소속될 수 있고 당연히 자치단체에도 소속될 수 있기 때문에 서양의 국민을 시민이라 부르고 시민을 또한 국민이라 부르는데, 중국도 이렇게 될 수 있겠느냐? 중국의 자치는 아무런 규칙도 없고 정신도 없어서 몇천 년 동안 조금의 진보도 없었으

91) 스물다섯 번째 반론.
92) 스물여섯 번째 반론.
93) 권리 의무 사상은 모든 정치의 근본이다.

니 정치학상의 소위 유기체와 완전히 반대이구나![94] 한두 명의 권세 있는 관리와 신사만이 마음대로 자치단체를 유린하고 파괴할 수 있으니, 이러한 자치가 어떻게 민권을 낳을 수 있겠느냐? 중국의 자치는 민권과 근본적으로 씨앗이 다르다. 복숭아 씨앗을 심고 살구 열매를 거두려 한다면 이게 가능한 일이겠느냐?"

리 군이 말했습니다.[95] "형 말에 승복합니다. 하지만 형 말에 따르면, 중국에 민권의 씨앗이 없으니 영원히 전제정치를 따라야 한단 말입니까? 모든 일에는 항상 발단이 있기 마련인데 우리는 오늘날 그 단초를 발견하지 못했으니 언제 누구를 기다려야 하는 것입니까? 저는 세상에 배우지 못할 일이 없다고 생각합니다. 몇천 년 동안 덮여 있던 커다란 종을 꺼내기만 하면 모든 사람들이 자유롭게 정치 활동을 하고 몇 년 지나면 숙련될 수 있을 겁니다. 설마 우리 황인종이 선천적으로 자치할 수 없는 인종이겠습니까? 일본인은 황인종이 아닙니까? 그들이 예전에 자치능력이 없었던 것은 우리와 마찬가지인데, 어떻게 지금의 대의제가 이처럼 시행되고 있는 것입니까?"

황 군이 말했습니다.[96] "세상일 가운데 다른 일은 그래도 용이하지만 인격 양성의 일만은 매우 어려운 것이다. 우리가 힘쓰지 않으면 안 된다.

---

94) 모든 인간사회는 유기체여서 수시로 발달하고 성장한다. 서양인의 자치제도는 날로 진화하여 중국에 조금의 변화도 없는 것과 다르다.

95) 스물일곱 번째 반론.

96) 스물여덟 번째 반론.

네가 일본에 대해 말했느냐? 일본은 유신한 지 30여 넌이 되었는데 국민의 자치능력이 아직 유럽인에 비해 얼마나 떨어지는지 모르겠구나! 일본을 보면 이 일은 서두른다고 되는 것이 아님을 알 수 있을 게다.[97] 이뿐만이 아니다. 국민의 자치능력을 양성하려면 바로 평화질서 속에서 이루어져야 한다. 혁명으로 혼란해지면 인심이 거세게 흔들려 편안하게 살 수 없게 되니 무슨 자치능력을 배양할 수 있겠느냐? 그래서 내가 한 가지 방법을 생각했는데, 정부가 러시아 황제 알렉산드르 2세[98]를 배워 먼저 지방의회를 개설하고 이삼 십 년 뒤에 국회를 개설해도 괜찮다는 것이다."

리 군이 정부에 대한 얘기를 듣더니 차갑게 웃으며 말했습니다.[99] "형, 또 시작이네! 형은 이리저리 생각하다 결국 정부만 바라보는데, 이건 호랑이에게 가죽을 달라는 격이 아닙니까? 지방의 총독과 순무[100] 자리는 실로 부족한데 이는 관리들이 제일 배불리 먹을 수 있는 밥그릇이기 때문이죠. 지방의회가 개설되더라도 그들은 여전히 무엇을 먹을지 생각할 겁니다. 형의 목적은 중국이 분할된 이후에도 도달하기 어렵습니다. 제 생각엔, 모두가 일할 수 있는 곳을 정하여 그곳에서 성실하게 실력을 쌓고, 민적의 굴레에서

---

97) 이것은 명확히 중국이 앞으로 추진해야 할 정책 순서다. 성인이 다시 출현하더라도 이 말을 바꿀 수는 없을 것이다.
98) *알렉산드르 2세(1818~1881)는 1855년에 제위하였는데, 농노해방, 정치개혁을 시행해 러시아의 근대화에 초석을 마련하였다.
99) 스물아홉 번째 반론.
100) *명청대의 최고 지방관.

벗어나 착실하게 자치제도를 배양하여 조금씩 천천히 확충해나가면, 다른 곳의 사람들도 분명 풍문을 듣고 일어날 겁니다. 이것이 바로 중국을 구하는 유일무이한 방법이라고 보이네요."[101]

여기까지 얘기하고 시계를 보니 벌써 1시 반이나 되었습니다. 황 군이 말했습니다. "우리 마음껏 밤새워 얘기하며 이 문제를 끝까지 논의해보자." 리 군이 연거푸 좋다고 말하며, 오늘 지방을 돌 때 가져갔다 남은 위스키를 유리잔에 따르고 냉수를 부어 몇 모금 마셨습니다.

잠시 쉬고 난 후 황 군이 다시 입을 열었습니다.[102] "아우야, 너는 정말로 마치니 같은 부류의 인물이구나. 천성적으로 비바람 일으키며 한 나라를 휘젓는 원동력이 되니 말이다. 나도 그렇다고 생각한다. 그러나 혈기가 왕성하고 지혜가 부족하면 한 면은 보지만 다른 면은 볼 수 없기 때문에, 중국에 너 같은 인재만 있다면 앞날을 예측하기 어렵다. 아우야, 19세기 이래 증기선, 철로, 전선 덕분에 세계가 이웃처럼 되어 어떤 나라든지 간에 그 행위가 항상 다른 나라와 관련되어 있지.[103] 그래서 과거 혁명가는 자기 당이 주인이 되고 상대 당이 손님이 되어 서로 대치하며 승부를 결정하면 그만이었지만, 오늘날에는 도처에 제3의 자리가 덧붙어 있다. 제3의 자리는 무엇

---

101) 이것도 하나의 방법이다.
102) 서른 번째 반론.
103) 앞에서는 이론에 대해 많이 강의했고 뒤에서는 대세에 대해 많이 강의하는데, 구구절절이 매우 정밀하고 현실에 들어맞는 얘기다.

인가? 바로 외국인이다. 정말로 싫지만 어찌할 도리가 없다. 오늘날 중국 곳곳이 외국의 세력권으로 변하여 전 세계 상업의 중심지가 우리나라로 옮겨오고 있다. 우리나라 내부에 무슨 변동이 생기면 자연스레 다른 나라에 영향을 끼치게 되었지.[104] 아우야, 잠시 네게 물어보자. 중국에 만일 혁명군이 일어나면 외국이 간섭할까 그렇지 않을까?"

리 군이 말했습니다.[105] "그건 모두 우리 자신의 행위가 어떠한지에 달려 있습니다. 모든 일을 문명국의 규범에 따를 수 있다면 외국인도 보고 틀림없이 경애할 겁니다. 문명정부의 통치하에서 통상 교류하는 것이 야만정부 아래서보다 더 안전하고 이롭지 않겠습니까?"

황 군이 말했습니다.[106] "아우야. 네가 틀렸다. 오늘날 세계 어디에 문명과 야만이 있느냐? 강권이 있는 나라를 바로 문명이라고 할 뿐이다. 전 세계가 동감한다. 영국이 폴란드를 대하고 미국이 필리핀을 대하는 것을 보면 문명 행위라고 할 수 있겠느냐? 그런 나라에서 대중적인 분노가 일어나더라도 문명이 아니라고 비난할 수 있겠느냐? 아우야, 오늘날은 경제 전쟁이 벌어지는 세상으로 각국이 중국을 경영하는 것도 전부 이 때문이다.[107] 생각해봐라, 내란이 한번

---

104) 실로 제일 어려운 난제다.

105) 서른한 번째 반론.

106) 서른두 번째 반론.

107) 예전에 각국이 연합하여 프랑스혁명에 간섭한 것은 군주가 자신의 이익을 보호하기 위해서였으며, 그 후 외국이 중국에 간섭한 것은 각국의 국민이 자신의 이

일어나면 상업에 얼마 만한 손해를 끼칠지. 만일 중국 전체가 일년 동안 혼란스러워진다면 런던 뉴욕의 은행이 얼마나 도산할지 모르겠구나. 그들은 네가 정의로운지 어떤지보다 자신들의 이익에 얼마나 손해가 되는지를 계산할 테니 분명 가만히 있지 않을 게다. 혁명군이 본국 정부에 저항하는 것도 이미 쉽지 않아졌다. 의화단 사건 때 십여 국의 정예병 정규군과 대치한 점에서 이를 알 수 있지 않겠느냐?"

쿵 선생님이 여기까지 얘기하고 나서 청중들에게 말했다. 이 일은 당시 가장 대처하기 어려운 문제입니다. 이보 선생이 과격한 말을 함부로 하지 않은 것도 다 이 때문이죠. 리 군이 어떻게 그를 힐책할 수 있겠습니까?

원래 리 군은 애국심에 불타고 배외사상이 매우 강한 사람이라, 여기까지 듣더니 참지 못하고 불끈 대노하였습니다.[108] "형, 이렇게 된 이상, 우리는 영원히 외국의 노예가 된 사람들을 따라 이중의 노예로 살아야 하는 겁니까!"[109]

황 군이 말했습니다. "아우야, 화를 진정시키고 다시 말하거라."

리 군이 말했습니다. "이 분노를 어떻게 진정시킬 수 있겠습니까! 형, 사실대로 말하자면, 세상의 대업은 전부 억누르는 힘과 반발하

익을 보호하기 위해서였다. 이것은 한편으로 정치문제이면서 경제문제인데, 앞으로 경제문제의 파워가 정치문제에 비해 더욱 무서워질 것이다.

108) 서른세 번째 반론.

109) 리 군을 흑선풍 이규처럼 묘사하였다. 그의 목소리를 들은 듯하고 그를 보는 듯하다.

는 힘 사이에서 만들어지는 것인데 적을 두려워하면 어떻게 사내 대장부라고 할 수 있겠습니까? 사내대장부는 당연히 이렇게 하지 않는다. 형, 형은 어떻게 의화단을 저와 비교하십니까? 의화단은 엿 같은 정부 안의 엿 같은 친왕 대신들이 엿 같은 서태후의 뜻에 따라 엿 같은 남녀를 동원하여 만든 것이며, 애국심이나 진정한 배외사상도 전혀 없습니다. 의화단이 실패한 후 엿 같은 왕과 대신은 외국에게 아첨하는 방법을 찾아 죄를 면하려 하고, 엿 같은 남녀는 외국의 국기를 들고 충직한 순민(順民)이 되었는데 이것이 외국인의 능력이라고 할 수 있겠습니까? 형, 프랑스혁명사를 다시 한 번 읽어보세요! 프랑스혁명의 시대에 유럽 열국들이 연합하여 프랑스를 공격하지 않았습니까? 프랑스인은 새로 병사를 모집하여 지극히 혼란스런 정국 속에서도 방어에 힘써 연전연승했습니다. 연합군을 격퇴했을 뿐 아니라 좌충우돌하며 보복주의를 크게 외쳤습니다. 장하구나! 보복주의여. 남쪽으로 이탈리아, 스페인을 유린하고 북쪽으로 네덜란드를 침략하여 공화국으로 개조하고 동쪽으로 게르만족을 대파하여 요충지를 차지했습니다.[110] 이어서 나폴레옹은 행정총관이 되고 황제가 되어 험악하게도 유럽 전체를 멸망시켰습니다. 대장부라면 이렇게 해야 되지 않을까요? 우리 4억의 중국인이 신정부를 수립한 이후 다른 나라가 간섭하지 않으면 그만이지만, 간섭하

---

110) 우르르 달려들어 격렬하게 싸우는 장면을 묘사하고 있는데 참으로 늠름하게 전쟁에 임하는 영웅의 기개가 느껴진다.

려 한다면 저는 그 문명 공적과 사활을 걸고 싸우겠습니다.[111] 우리 중국인 가운데 열에 아홉이 전사하더라도 프랑스보다 인구가 많잖아요! 현재 프랑스 인구는 3859만 5천 명이다. 형, 서구인들이 입에 달고 사는 '자유가 아니면 차라리 죽음을 달라'는 말을 듣지 않았습니까? 외국인을 이렇게 두려워하다가 훗날 그들이 밥을 먹지 못하게 하면 우리는 밥도 먹을 수 없단 말입니까?"

황 군이 말했습니다.[112] "너는 화도 잘 내고 기뻐하기도 잘하는구나. 네 말을 따라서는 어떤 큰일도 해낼 수 없다. 전 국민이 모두 너 같은 혈기와 기백이 있다고 말하는 거냐?"

리 군이 말했습니다.[113] "저를 어떻게 보시는 거죠! 설마 우리만 군자라 여기고 전국 동포는 깔보는 겁니까?"

황 군이 말했습니다.[114] "훗날 중국인의 자질이 당시 프랑스와 같아질 수 있다고 하자. 그러나 프랑스가 연합군에 항거할 때 신정부가 이미 수립되어 전국은 신정부의 통치하에 있었다. 그때 프랑스 국내에는 어떤 외국의 세력권도 없어서 처음 혁명이 일어났을 때 그들을 억누르는 제3자도 없었지. 오늘날 중국의 모든 거동은 남의 집의 처마 밑에 있는 것 같고,[115] 너의 비밀스런 혁명군 가련하구

---

111) 비록 이런 일은 없지만 이러한 마음이 없어서는 안 될 것이다. 우리 국민은 정말로 서로 격려해야 한다.

112) 서른네 번째 반론.

113) 서른다섯 번째 반론.

114) 서른여섯 번째 반론.

115) 정치가가 분석한 지식은 절로 다르다. 구구절절 치밀하고 실제적이다.

나 은 토대가 아직 불안정하여 그들이 탄압하기 시작하면, 몇 명의 나폴레옹을 데려다 놓아도 힘을 발휘할 여지가 없을까 걱정이다. 아우야, 어떻게 하지?"

리 군이 말했습니다.[116] "한 번 해서 안 되면 두 번 하고 두 번 해서 안 되면 세 번 하여 될 때까지 그렇게 할 겁니다. 한 명이 죽으면 열 명이 뒤따르고 열 명이 죽으면 백 명이 뒤따라 될 때까지 그렇게 할 겁니다.[117] 넘어져 일어나지 못하면 사내대장부라고 할 수 있겠습니까?"

황 군이 말했습니다.[118] "도대체 얼마나 오랫동안 일어날 수 있다고 생각하느냐? 몇 차례 일어나야 성공할 수 있는 것이냐?"

리 군이 말했습니다. "그걸 어떻게 단정할 수 있겠습니까?"

황 군이 말했습니다. "아우야, 너는 중국이 빨리 태평해지고 강성해지기를 바라는 것일 뿐이다. 네 방법을 따르다가 더 늦어질까 걱정되는구나!"

리 군이 말했습니다.[119] "빠르고 느린지는 단언할 수 없습니다. 다만 이 방법을 사용해야 희망이 있다는 겁니다. 그렇게 하지 않으면 앉아서 죽음을 기다리는 게 아니겠습니까?"

---

116) 서른일곱 번째 반론.
117) 지성으로 감동시키면 금석이라도 뚫을 수 있다. 정신을 집중하면 무슨 일을 이루지 못하겠는가? 나는 진정으로 리 선생에게 존경의 뜻으로 절 백배를 올리려 한다.
118) 서른여덟 번째 반론.
119) 서른아홉 번째 반론.

황 군이 한숨을 쉬며 말했습니다.[120] "경애하는 나의 아우야, 너의 용감하게 나아가는 기개와 죽어도 포기하지 않는 정신을 누가 탄복하지 않겠느냐! 문명 적대국들도 탄복해야 한다. 그러나 이 힘들고 중대한 시국에서는 줄곧 격앙강개 해야 나라를 구할 수 있는 건 아니다. 아우야, 내 생각엔, 앞으로 혁명군이 일어나면 잠시 고무된다고 해서 결코 성공할 수 있는 것도 아니며 전국에 혁명군만 있을 수도 없다. 곳곳에서 여러 세력이 분분히 일어나면 현재 정부의 힘이 약해지더라도, 『좌전』에서 '소가 비록 말랐어도 돼지 위에 쓰러지면 돼지는 두려움에 죽지 아니하겠는가(牛雖瘠 僨於豚上 其畏不死)'라고 잘 말한 것처럼, 아마 혁명군도 쉽게 권력을 쥐지는 못할 거다. 아우야, 이탈리아, 헝가리의 경우를 보지 않았느냐? 그들이 많은 고난을 겪었다고 해서 이룰 수 있었느냐? 결국 헝가리는 헌법을 되찾고 나서 스스로 그만두었고, 이탈리아도 기묘한 외교수단에 의지했지만 혁명이 눈앞에서 실패로 끝나버렸지. 하물며 오늘날 중국은 어느 한 국가의 정부와 적수가 된 것이 아니라 많은 국가의 정부와 적수가 되었으니, 이 난관은 그들보다 몇 배나 더 심각하다. 만일 혼란이 한꺼번에 일어난다면 정부는 평정시킬 수 없어서 각국에 토벌을 청할 거다. 어쩌면 외국이 정부의 요청을 기다리지 않고 즉시 토벌을 시작할지 모른다. 이는 모두 예측할 수 있는 일이지. 그때가 되면 분할이 진짜로 실행되어 구국지사가 도리

---

120) 마흔 번째 반론.

어 망국의 원흉으로 변하는 것이 아니겠냐? 두렵구나! 두렵구나! 더군다나, 각성에서 분분히 일어나면 각성 사람들의 감정과 이익이 일치하지 않아 서로 분쟁을 피할 수가 없지. 이렇게 되면 도요새와 조개가 서로 싸우다가 어부가 이득을 보는 것처럼, 외국이 세력을 믿고 위협한다면 분할정책에 대처할 방법이 없다. 영국이 인도를 멸망시킬 때 이 방법을 쓴 것이 아니냐? 아우야, 우리는 만전의 계획을 세워 반대당에게 빌미를 주는 일이 없어야 할 게다."

리 군이 말했습니다.[121] "형이 한 말은 저도 여러 번 자세히 생각해보았습니다. 하지만 저의 정책은 속담에서 말한 '안 될 줄 알면서도 끝까지 밀고 나가는 것'입니다. 왜냐하면 우리 중국이 분할되는 국면이 장래에 있거나 오늘날에 있는 것이 아니라 몇 년 전부터 이미 정해진 것이기 때문이죠. 현재 외국은 체면상 우리 국기를 찢거나 우리 권좌를 짓밟지 않은 것뿐입니다. 실제로 우리나라의 주권 가운데 조금이라도 우리의 손에 있는 것이 있습니까? 형은 혁명이 분할을 야기할 거라고 걱정하지만 혁명을 하지 않는다고 분할을 피할 수 있나요? 매우 침통하다. 형, 지금의 강국은 모두 민족자립정신에 의지하여 건설된 게 아닙니까? 무엇을 자립이라고 합니까? 바로 천부적 권리를 분명하게 인식하여 다른 사람의 억압을 조금도 받지 않는 것입니다. 그러나 어느 한 개인이 다수의 억압을 받고 참아버리면, 다른 어떤 다수의 억압을 받아도 기꺼이 참으려 합

---

121) 마흔한 번째 반론.

니다. 형,『인명집』속의「노예가 좋네」라는 고악부[122]를 보지 않았나요?

노예가 좋네, 노예가 좋아. 내정과 외교에 신경 쓰지 않고 모두 태평하게 잠자고 있으니. 옛 사람이 항상 하는 말에 '신하는 충성해야 하고 자식은 효도해야 하고 모두들 함부로 소란 피우지 말라'는 구절이 있네. 만주족이 중국에 들어온 지 2백년이 되어 우리는 노예에 습관이 되었지. 그들의 강산 그들의 재산, 그들은 우리에게 나눠주며 말 잘 들으라 하네. 순식간에 서양인이 들어와 여전히 그들의 노예가 되라 하네. 그들이 광산을 개발하면 우리는 광부가 되고, 그들이 회사를 세우면 우리는 매판이 되네. 그들이 병사를 모집하면 우리는 병사가 되고, 그들이 통역이 필요하면 우리는 통역을 하네. 중국에 외국인 수장이 있으면, 세금 걷고 사법권 행사하니 영광스럽고 위대하도다. 만주족 노예가 되었다가 서양인 노예가 되니, 노예 근성 유전되어 뼛속 깊이 박혔구나. 아버지와 형은 충효를 힘써 가르치며 충효만이 올바른 도리라고 하네. 유혈과 혁명이 무슨 소리며, 자유와 균부가 무슨 소린가! 도리에 어긋나 생명 해칠 수 있고, 고집이 세 순종하지 않네. 우리들 노예는 마땅히 그것을 경계하여, 모시는 분을 복되게 하고 의지할 분을 경건하게 대해야 하네. 대금나라·대원나라·대청나라, 주인

---

122) *「노예가 좋네」는 쎠우룽의『혁명군』에서도 '근래 유행한 고악부체 노래'라고 인용되고 있는데, 당시 민간에서 구전되어 불린 사회비판 가요로 보인다.

의 국호가 이미 여러 번 바뀌었으니, 대영국·대프랑스·대일본으로 국호가 바뀌어도 편안히 받들 수 있네. 노예가 좋네, 노예가 즐겁네. 세상에 강자가 있으면 나는 바로 복종하네. 3할은 약게 굴고 7할은 아첨하면 세상일 무엇이 어려우랴? 세상 관여하는 일은 할 분들이 있으니, 앉아서 무수히 바뀌는 정세나 구경하세. 종족이 멸망하고 바뀌는 것은 아득히 먼 일이라 이 일을 해결할 사람 찾기가 어렵구나. 유신 외치는 청년들 물불 가리지 않고 뛰어드니 비웃음만 나네. 대관들은 외국인이 걱정할까 진노하고, 청년들은 죽고 패배하여 계속 노예가 될 뿐이네. 자주권 회복 위한 투쟁만을 알 뿐, 자신을 위한 공부가 아님을 어찌 알겠는가? 노예가 좋네, 노예가 좋아. 곳곳이 모두 집이니 종족 보존 나라 보존이 무슨 필요가 있겠는가?

형, 이 악부는 지나치게 독설을 퍼붓기는 하지만 현재 전국의 인심을 엿볼 수 있습니다. 그렇지 않은 사람이 얼마나 되겠습니까? 모두들 생각해보시오. 이 악부가 나를 욕하고 있는 건 아닌지? 외환이 이처럼 흉악하고 또 나라 내부가 이렇게 부패하니, 우리 중국의 앞날은 18층 아비지옥에 떨어져 영원히 빠져나올 날이 없는 것이 아닙니까? 제가 이제 비유를 하나 들겠습니다. 양가집 부녀에게 만일 어떤 사람이 희롱하고 강간하려 들면 그녀는 분명 목숨 걸고 저항하며 차라리 죽을지언정 이런 치욕을 받지 않으려 할 겁니다. 만일 사람 접대에 습관이 된 기녀라면 이런 일에 신경을 쓰겠습니까? 어떤 사람도 그녀

의 연인이 될 수 없으니까요! 형, 보세요. 연합군이 베이징에 들어
올 때 집집마다 순종의 깃발을 걸고 곳곳에서 덕치를 기원하는 우
산을 보낸 것은 모두 노예의 본성이 아닙니까? 제 뜻은 분명합니
다. 우리 동포 국민이 앞으로 외국인의 억압을 받지 않으려면 현재
관리들의 억압을 받지 않아야 한다는 것이죠.[123] 제가 억압이란 말
을 꺼낸 것은 귀한 아가씨가 다른 사람에게 순결이 더럽혀지면 세
상에서 자립할 수 없다고 느끼는 것처럼, 우리나라 관리의 억압을
잠시라도 받지 않고 저항한다면 외국인이 감히 어떻게 할 수 있겠
냐는 겁니다. 만일 우리 국민이 이런 사상을 지니고 있다면 외국에
수천 명의 알렉산더, 카이사르, 나폴레옹이 있다 하더라도 중국을
분할할 수 없으며, 설령 분할된다 하더라도 결국 회복되고야 말 것
입니다. 형, 형의 정책을 따르더라도 똑같이 분할을 피하기는 어렵
습니다. 저의 이 분할 대비 방법이 불가피한 게 아닙니까? 형은 각
성이 분분히 일어나 서로 공격할 거라고 했는데, 만일 이러한 사람
있다면 그는 애국지사라고 할 수 없습니다. 지사는 들으시오. 제 생각입
니다만, 몸 바쳐서 목숨 걸고 일하면 어찌 그렇게 되겠습니까? 그
건 지나치게 걱정하지 마세요!

　황 군이 말했습니다.[124] "너의 분할 대비 방법은 본래 불가피한

123) 모든 사람은 두 종류의 생명을 지니고 있다. 하나는 육체의 생명이고 다른 하나
　　는 의욕의 생명이다. 의욕의 생명이 바로 자유의 권리이다. 『춘추번로』에서 말한
　　'커다란 치욕을 받고 사느니 차라리 죽는 게 낫다.'가 바로 이러한 뜻이다. 만일
　　의욕의 생명이 없다면 인간이 금수와 무엇이 다르겠는가?
124) 마흔두 번째 반론.

것이지만 논의할 때 절도가 있어야 한다. 지사들 사이의 분쟁에 대해 아우는 분명 없을 거라고 예측하지만 이건 마음이 너무 앞선 판단이다. 듣자하니, 현재 내륙의 지사들은 일은 조금도 하지 않으면서 이미 많은 당파로 분열되었다고 한다. 그들을 비웃는 말은 한가롭게 하고 싶지가 않구나. 다만 중국혁명이 장차 이러한 부류에게 의지한다면 후일을 도모할 수 있겠느냐? 지사들은 들으시오. 이러한 부류가 아니더라도 많은 사람들이 한데 모이면 의견이 완전히 통일되기가 어려울 걸세. 아우야, 이탈리아 건국 영웅 세 분[125]의 애국심이 공명정대하지 않다고 할 수 있겠느냐? 하지만 그들도 각자 자신의 의견이 있어서 서로 같을 수 없었지! 이 때문에 파괴 건설의 과도시대에 제일 긴요한 것은 통일질서다. 통일질서의 정신이 없으면 건설하려고 해도 건설할 수 없는 건 물론이고, 파괴하려고 해도 파괴할 수가 없지. 아우야! 네가 혁명하려고 하지만 이게 너 혼자 할 수 있는 일이더냐? 반드시 많은 사람들을 믿으며 손잡고 일해야 하는데, 이렇게 하려면 국민교육 이외에 다른 어떤 고속성장의 비결이라도 있느냐? 국민교육을 말하려면 당연히 너의 그 자립정신이란 말을 취지로 삼아야 한다. 이러한 교육사업이 원만하게 수행되면 대외사상이 자연스레 발달하여 외국인이 당연히 침입할 수 없을 것이니 전제정치 역시 공격하지 않아도 스스로 파괴될 거다.[126] 아우야, 민권은 글이나 말로 얻을 수 있는 게 아니라, 반드시

---

125) *마치니, 카부르 가리발디.

126) 이 말이 글 전체의 제일 관건이 되는 점인데 이 대목에 와서야 언급되고 있다.

전 국민이 민권을 향유하고 유지할 수 있는 자격이 있어야 안전하게 획득할 수 있는 것이다. 정치사상이 없는 국민이 민권을 획득하는 경우를 본 적이 있느냐? 또 정치사상이 있는 국민이 민권을 획득하지 않은 경우를 본 적이 있느냐? 민권은 물론 군주나 관리가 국민에게 양도하거나 두세 명의 영웅이 빼앗아 국민에게 줄 수 있는 것이 아니라 국민 스스로 희망하고 추구해야 하는 것이다. 국민이 희망하고 추구할 수 있으면 결국 손에 얻을 수 있는 것이지.[127] 영국의 저명한 '권리청원'을 봐라, 50여만 명이 공동으로 소원하여 얻은 것이 아니더냐? 영국 국왕 찰스 1세 때의 일이다. 영국이 '곡물조례'를 폐기한 일은 3백여만 명이 소송 투쟁하여 얻은 것이 아니더냐? 앞으로 민지가 크게 열리면 이건 자연히 피할 수 없는 일이니 전제정치가 영원히 중국에 존재할 거라고 걱정할 필요가 있겠느냐? 중국이 만일 이러한 수준에 도달할 수 있으면 너와 나도 충분히 만족하게 될 거다. 이게 바로 평화로운 자유, 질서 있는 평등이자 무혈의 파괴라고 할 수 있다. 아우야, 너에게 사실대로 말해주마. 지금의 민덕 민지 민력의 수준으로는 국민과 혁명을 논할 수 없다. 네가 날마다 외치며 뛰어다닌다 해도 혁명은 결코 이루어질 수 없을 거다.

정말로 '많은 산과 계곡이 형문으로 향하고 있는' 형세다.

127) 공자는 '내가 인하고자 한다면 곧 인에 다다를 수 있다.'고 했고, 맹자는 '구하면 얻을 수 있고 버리면 잃게 되는데, 모두 나에게 달려 있다.'고 했다. 모든 일이 다 그러하며 민권도 그 가운데 히니다. 조맹이 귀하게 된 것은, 조맹 자신이 그것을 천하게 여길 수 있었기 때문이다. 민권이 만일 외부 세력에 의해 얻어진다면, 민권이 있다하더라도 어찌 그것을 귀하게 여기겠는가?

만일 민덕 민지 민력의 수준이 혁명을 논하고 실천할 수 있는 때라면 군이 혁명을 하라고 할 필요가 있겠느냐? 아우야, 다시 한 번 생각해보거라." 여기까지 말하면 어떤 사람이라도 수긍하려 할 텐데, 리 군은 여전히 자신의 입장을 내세우려 한다.

리 군이 잠시 망설이더니 한숨을 쉬며 말했습니다.[128] "형, 현재 중국인이 혁명을 논할 수 있는 자격조차 없다고 한다면, 그 말에는 수긍하겠지만 제가 중국의 앞날을 위해 한바탕 통곡하는 것은 막지 마십시오. 말은 이렇게 하더라도, 국민에게 자격이 없다고 하여 절대 실망하지는 않을 겁니다. 형이 말한 입헌군주제의 경우도 오늘날 중국인이 입헌국민의 자격조차 없다고 해서 설마 실망하는 것은 아니겠지요? 저는 10년, 20년의 노력을 통해 스스로 실험을 거친 후 제 바람을 이해할 수 있었죠. 형에게 말할 게 하나 더 있습니다. 오늘날 혁명은 성공할 수 없지만 혁명에 대해 논하는 것은 필요하다는 겁니다. 형 보세요. 현재 각국의 입헌군주제는 어느 나라에서든 혁명 논의가 가장 허둥지둥할 때 성립할 수 있었던 게 아닌가요? 이렇게 된 데에는 다 이유가 있습니다. 입헌군주제는 절충하고 조화시키는 정책이기 때문이죠. 무릇 세상일은 양쪽 반대당의 세력이 대등하여 끝까지 격렬하게 싸워야 절충하고 조화될 수 있는 겁니다. 만일 한쪽이 절대적 권위를 지니고 있고 다른 한쪽이 조금의 힘도 없다면 조화라는 말이 먹혀들겠습니까? 그래서 저는

---

128) 마흔세 번째 반론.

미래의 우리 목적이 공화든 입헌이든 간에 결국은 혁명이론, 혁명 사상이 현 중국에서 결핍되어서는 안 된다고 생각합니다. 형, 예전에 이탈리아 건국사를 읽은 적이 있는데 항상 그걸 생각하고 있습니다. 이탈리아에 만일 카부르가 없었다면 당연히 성공하지 못했고, 카부르만 있고 마치니가 없었다면 아마도 지금까지 곤경에서 빠져나오기 어려웠을 겁니다. 우리는 비록 고대의 영웅과 비교될 수 없지만 국민에 대한 책임을 포기해서는 안 됩니다. 오늘날 카부르, 마치니 두 사람에 대해 우리는 한 사람을 배울 수는 있어도 두 사람을 다 배우기는 힘듭니다.[129] 저는 스스로 총명하고 재능이 있다고 생각하며 카부르를 배우려 했지만 절대 그렇게 할 수 없었습니다. 이제 '청년 이탈리아'[130] 운동의 취지를 한 번 실행해보려고 합니다. 형은 어떻게 생각하시나요?"

황 군이 말했습니다.[131] "실행하는 데 있어서는 당연히 복잡한 많은 방법이 있지만, 준비 활동을 하는 데 있어서 다른 방안이 있을 수 있겠느냐? 오늘날 우리는 전국의 지사들을 연계시키고 국민을 배양하여 실행할 때가 되면 임기응변을 발휘하여 일해야 한다. 그러나 절대 부득이한 경우가 아니라면 경솔하게 파괴의 길로 나가서는 안 된다."

---

129) 독자 여러분이 어느 한 분을 배우려 하면 늘 그 분을 배워야 한다. 그렇지 않으면 국민의 직책을 포기하는 것이다.
130) *1831년 통일 이탈리아 공화국 창건을 위해 마치니가 창시한 운동.
131) 결론.

리 군도 고개를 끄덕이며 동의했습니다. 여기까지 얘기했을 때 까마귀가 나무에 앉아 시끄럽게 우는 소리가 들렸고 창틈으로 희미한 빛이 들어오자, 황 군이 말했습니다. "거의 날이 새가는구나. 잠시 눈을 붙이는 게 좋을 것 같다." 두 사람은 말없이 잠이 들었습니다.

쿵 선생님은 매우 긴 논쟁 과정을 다 얘기한 후 참으로 감탄하며 말씀하였다. 여러분, 과거 유신 세대들의 사상과 기백을 보면 어찌 오체투지라고 하지 않을 수 있겠는가! 나는 정말로 오체투지를 하려고 한다. 이 논쟁은 40여 차례 지속되었는데 한 마디 한 마디가 모두 당시의 시대 흐름을 통찰하고 있으며, 이론은 원본에 충실하고 기세가 등등하여 한 글자도 억지스러운 구석이 없습니다.[132] 이는 중국에서 여태껏 없었던 것일 뿐 아니라 아마 언론이 제일 자유로운 영국, 미국의 의회에서도 그들의 변론솜씨를 더 높이 평가할지도 모릅니다. 오늘날 우리가 그들의 말을 들어보면 무의미하고 진부한 것 같지만, 저자는 진부하다는 말로 무얼 해명하려고 한 것인가? 우리들이 가장 본받아야 할 점이 있습니다. 황 군과 리 군 두 호걸의 우정을 보세요. 그들은 같은 성, 같은 부, 같은 현, 같은 리 출신이며 같은 스승 아래서 함께 배우고 함께 유학하여, 정말로 비익조 비목어처럼 이형동체나 마찬가지였습니다. 공적인 일을 논의할 때 의견이 다르면 조금도 양보하려 하지 않았고, 자신이 신뢰한 이념이 머릿속에서 격렬하

---

132) 스스로 몇 마디 칭찬할 만하다.

게 맴돌아도 함부로 내뱉지 않았습니다. 이런 용기는 보통사람이 배울 수 있는 것입니까? 그들은 공적인 일에서 이렇게 논쟁을 벌였지만, 사적인 정에 있어서는 서로 아끼고 사랑하여 의견 때문에 우정이 상한 적이 없습니다.[133] 근래 초등학교 교과서에서 '황리연상(黃李聯床, 황 군과 리 군이 침대를 맞대어놓다)'이란 말이 나오는데 그들 두 사람의 우정을 아이들이 친구를 대하는 모범으로 삼은 게 아닙니까? 여러분! 여러분이 만일 두 호걸을 존경한다면 바로 이러한 점을 정말로 존중하고 모범으로 삼아야 중국의 미래가 날로 밝아질 것입니다."

청중들이 크게 박수를 쳤다. 두 번째 강의를 마쳤다.

독자 여러분, 쿵 선생님의 이번 강의는 족히 2시간이 넘어 그의 입도 마르고 청중의 귀도 피곤하고 우리 속기사의 손도 아프고, 필시 소설을 보는 독자들의 눈도 침침해졌을 것이다. 황 군과 리 군이 논쟁을 벌일 때 쿵 선생님은 옆에 있지도 않았는데 어떻게 이 일을 알고 있었을까? 또 어떻게 전문을 한 자도 빠짐없이 암송할 수 있었을까? 원래 이보 선생이 유학할 때 『승풍기행(乘風紀行)』이라는 필기를 쓴 적이 있는데, 위의 논쟁이 전부 필기 제4권에 기재되

---

133) 영국인들이 이러한 태도를 가장 잘 지니고 있다. 송종 두 사람이 의회에서 얼굴이 붉어질 정도로 서로 논쟁을 하다가, 의회를 나서면 바로 악수를 하고 함께 다니며 매우 친하게 지낸다. 모두 공사의 구분이 명확하기 때문이다.

어 있다.[134] 그날 쿵 선생님의 연설은 이 필기를 들고 낭독한 것으로 문언을 백화문으로 바꿨을 따름이다. 이것은 필자인 내가 직접 본 일이다. 이후 어떤 일이 있었는지에 대해서는 나도 알 수가 없으니 토요일에 다시 강연할 때 기록하여 알려줄 것이다.

전체 해설: 이번 회는 하나의 문제를 가지고 직설적으로 반박하며 서로 마흔넷 차례 논쟁이 오고 간 글이다. 총 만 육천여 자로 문장이 할 수 있는 최고의 경지에 도달했다. 중국에서 이보다 앞선 것으로는 『염철론』[135]만이 약간 이러한 체제를 지니고 있다. 그러나 『염철론』은 본 주제를 따르지 않고 걸핏하면 다른 이야기로 빠져들지만, 위의 논쟁은 시종 주제를 따르며 곁가지로 새는 말이 전혀 없다. 또 『염철론』에서 주객이 근거한 것은 진실한 이치가 아니라 모두 감정적으로 말하며 상대방을 설득한 것인데, 위의 논쟁은 진부한 말이 한 구절도 없고 억지 쓰는 말이 한 자도 없으며 문장이 정밀하고 감칠맛이 난다. 평소 저자의 문장을 많이 읽었는데 이 글은 공전의 작품일 뿐 아니라 이후에도 다시 나오기 힘들 것이다.

이 글은 40여 단락의 논쟁으로 구성되어 있다. 매 단락을 읽을 때마다 문득 시각이 원만하고 정확하여 뒤집힐 여지가 없으며 반

---

134) 저녁노을의 잔상이 아름다운 풍경을 이루었다.
135) *중국 전한(前漢)의 선제(宣帝) 때 환관(桓寬)이 편찬한 책. 소금, 철, 술 등의 전매와 같은 재정정책에 대한 식자층과 승상의 논의를 정리한 것으로, 모두 12권 60장이다.

박할 수 있는 이론이 절대 없다고 생각된다. 그리고 다음 단락을 보면 홀연히 딴 세상에 온 듯한 느낌이 든다. 단락의 끝에 이르면 또 뒤집힐 여지가 없어 더 반박하기가 매우 어려워지는데 매 단락이 모두 이러하다. 마치 기이한 산수를 유람하는 것 같은데, 소위 '산수가 무궁무진하여 길이 없는 듯하고, 버드나무 그늘에 꽃이 피어나니 또 다른 풍경일세'의 구절은 그것의 만분의 일도 비유하기에 부족하다. 재능이 바다처럼 크지 않다면 어떻게 이런 필력을 지닐 수 있겠는가? 글재주에만 기대서는 결코 이러한 경지에 오를 수 없다. 모든 글이 이치에 뿌리 내리고 현실에 근거하고 있으며, 가슴속에 있는 수많은 산과 바다의 기세가 드높아 문장이 붓끝에 흘러나오기 때문이다. 글이 이러한 경지에 이르렀으니 다른 것은 볼 필요도 없구나! 비록 다른 글이 있다 하더라도 감히 청하지를 못하겠다.

이 글의 논제는 혁명론과 비혁명론의 양대 쟁점에 있지만, 인용하고 있는 것은 정치, 경제, 역사 방면의 가장 새롭고 정확한 이치다. 마음을 집중하여 철저하게 이해한다면 어찌 정론에만 도움이 되겠는가? 나는 애국지사들이 만 권의 책을 만 번 읽기 바란다.

제4회

뤼순에서 피아노 치는 명사와 만나고,
북방 변경에서 미인이 시를 쓰고 멀리 유학을 가다

황 군과 리 군은 저녁부터 밤새워 논쟁한 후, 날이 밝을 무렵 대충 잠이 든 후 9시가 지나서 일어났다[1]. 본래 그날 베이징에 가려고 했으나 황 군이 돌연 제안을 했다. "북방을 한번 둘러보려면 쉬운 일이 아니다. 이번 기회에 뤼순 항구와 다롄만을 둘러보며 그곳이 러시아에 귀속된 후 어떤 경영전략을 쓰고 있는지 살펴보는 게 어떻겠니?"

리 군이 말했다. "저도 그런 생각을 했는데 아주 잘 됐네요." 그래서 당일 출발하여 산하이관에서 뉴창, 잉커우로 되돌아갔는데 이곳은 전날 지나갔던 길이다. 잉커우에서 다시 차를 갈아타고 가이청(蓋城), 와팡뎬(瓦房店) 등의 역을 지나 다음 날 뤼순 항구에 도착

---

1) *제4회와 제5회는 화자인 쿵 선생님의 목소리가 희미해지고 전지적 작가 시점에서 이야기를 서술하고 있어서 경어체로 번역하지 않는다.

했다.

　본래 산하이관에서 잉커우로 가는 철도는 영국 자본을 빌려 건설했지만 여전히 중국인이 관리하고 있어서 거리가 중국 풍경으로 가득했다. 그러나 잉커우에서 뤼순으로 가는 철도는 러시아 동방철도공사가 권한을 쥐고 있었다. 이 공사는 중러 합작이라고 말하는데 중국인이 관리하는 곳이 어디에 있는가? 철도 주변엔 코사크 병사들이 가득 모여 있을 뿐이고 역과 기차의 직원들도 위에서 아래에 이르기까지 모두 러시아 사람이어서 마치 러시아 경내에 들어온 듯했다.[2] 역에 표시된 지명 및 게시된 모든 규정조차 러시아어로 쓰여 있으며 통행하는 화폐도 러시아 돈이었다. 두 사람이 유럽에서 간단한 러시아 말을 배웠기에 망정이지, 그렇지 않았다면 정말로 한 걸음도 나가지 못했을 것이다. 두 사람은 밤기차를 타고 3월 28일 토요일 아침 7시에 뤼순에 도착하여 서양식 여관을 잡았다. 막 방에 들어가 짐을 풀어놓고 있는데 갑자기 옆방에서 피아노 소리가 울렸고, 바로 처량하면서 웅장한 노래가 귓가에 들려왔다. 두 사람이 숨을 죽이고 귀 기울여보니 어떤 사람이 영어로 노래를 부르고 있었다.

　　Such is the aspect of this shore--

　　This Greece, but living Greece no more!

---

[2]　각국이 모두 철도정책으로 중국을 망하게 하려 드니 어찌 러시아만 그러하겠는가! 이 부분은 독자들을 깊이 반성케 한다.

Clime of the unforgotten brave!

Whose land, from plain to mountain-cave

Was Freedom`s home, or Glory`s grave!

Shrine of the mighty! Can it be

That this is all remains of thee?

Approach, thou craven crouching slave:

Say, is not this Thermopylae?

These waters blue that round you lave,

O servile off spring of the free--

Pronounce what sea, what shore is this?

The gulf, the rock of Salamis!

These scenes, their story not unknown,

Arise, and make again your own.[3]

---

3) * 량치차오는 바이런의 원시를 직역하기보다는 그 뜻과 운을 살려 번역하였다.
    바이런의 원시를 원문에 충실하게 번역하면 다음과 같다. "그런 것 바로 해안의
    면면이니--/그리스, 그러나 더 이상 살아있는 그리스가 아니구나!/잊혀지지 않
    는 용기의 나라/평원으로부터 산봉우리까지 그들의 땅은/자유의 집이자 영광
    의 무덤이었구나!/위대한 자의 신전이었구나! 그럴 수 있을까/이것이 그대 유산
    의 전부라고?/다가오라, 그대 비겁하고 움츠린 노예여,/말하라, 이것이 테르모필
    레가 아닌가?/물은 푸르게 당신을 휘감아 흐르고 있다/아, 노예가 된 자유의 후
    손이여--/말하라, 이것이 무슨 바다이며 무슨 해안인지/걸쓰여, 살라미스의 바
    위여!/이 풍경은, 잊혀질 수 없는 그들의 이야기다/일어나라, 그리고 다시 당신의
    것으로 만들라."

울창하구나! 향기롭구나! 해안의 풍경이요!

아아! 이곳이 그리스의 산하인가!

아아! 아름답고 활기찬 그리스는 지금 어디에 있는가?

아아! 이곳은 어디인가?

평원에서 산봉우리까지, 고대 자유의 공기가 가득하구나!

모두 영예로운 무덤이구나!

모두 위대한 인물의 제단이구나!

아! 그대 선조의 영광이, 결국 이것만 하찮게 남겨놓은 것인가!

아! 허약하고 소심한 노예이구나!

아! 땅에 굴복한 노예이구나!

앞으로 오라! 이곳이 어디인가? 옛날의 테르모필레[4]가 아닌가!

그대 자유 후손의 노예여!

끝없는 푸른 산이 그대 곁을 에워싸 주위가 잠자는 듯하구나!

무정한 밤 물결이 그대에게 흘러와 고요히 귓가에 가득하구나!

이 산은 어느 산인가? 이 바다는 어느 바다인가? 이 해안은 어느 해안인가?

이것이 살라미스의 만인가? 이것이 살라미스의 바위인가?

이 아름다운 풍경이여! 이 아름다운 이야기여! 그대는 이것을 기억하고 있겠지!

당당하게 일어나라! 당당하게 일어나라! 그대의 옛 영광이 다시

---

4) *B.C 480년에 스파르타군이 페르시아군에 대패한 그리스의 산길.

그대의 것이 되게 하라!⁵⁾

  여기까지 노래하고 나서 피아노 소리가 뚝 그쳐버렸다. 리 군이
말했다. "형, 바이런⁶⁾의 시「이교도(Giaour)」⁷⁾를 노래로 부른 거 아
닙니까?" 황 군이 말했다. "맞아. 바이런은 자유주의를 제일 좋아
하고 문학 정신을 겸비하고 있다는 점에서 그리스와 마치 전생의
인연을 맺고 있는 듯하지. 후에 그리스의 독립을 돕기 위해 스스
로 군인이 되었다가 사망했는데, 참으로 문학계의 위대한 호걸이
라고 부를 만해. 이 시는 바로 그리스인들을 격려하기 위해 지은
것이지만, 오늘날 우리가 들으면 조금은 중국을 위해 쓴 것 같기
도 하구나." 말이 다 끝나지 않았는데 옆방에서 또 피아노 소리가
은은히 들려왔다. 두 사람은 대화를 멈추고 그의 노래를 다시 듣
기 시작했다.

      The isles of Greece, the isles of Greece

      Where burning Sappho loved and sung,

---

5) 이 시는 마치 중국인에게 얘기하는 것 같기도 하고, 뤼쉰의 중국인에게 얘기하는
    것 같기도 하다.
6) * 바이런(1788~1824). 영국의 낭만파 시인. 독특한 개성과 상상력으로 유럽 문
    학계에 충격을 던져주었다.
7) * 바이런의 1813년 작품. 부제가 '터어키 단편 이야기(a fragment of a Turkish
    tale)'. 자우르는 이슬람 쪽에서 본 이교도와 배교자 즉 그리스전을 지칭하며, 멸
    망해가는 그리스와 이국적 이슬람 문화가 교차하던 지역에 대한 알레고리 시로
    읽을 수 있다.

Where grew the arts of War and Peace,--

Where Delos rose, and Phoebus sprung!

Eternal summer gilds them yet,

But all, except their sun, is yet.[8]

沈醉東風[9]

아! 그리스여! 그리스여!

그대는 본래 평화시대의 애교이자, 전쟁시대의 군주였지

사포[10]가 소리 높여 노래하고, 여시인의 열정이 대단하였지

더욱이 델로스[11]와 아폴로의 영광이 항상 비추고 있었지

이곳은 예술과 문학의 보루요, 기술이 탄생한 곳

지금은 어찌 되었는가?

햇빛 이외에 모두가 사라져버렸구나![12]

---

8) * 바이런의 원시를 원문에 충실하게 번역하면 다음과 같다. "그리스의 섬들이여, 그리스의 섬들이여/사포가 열렬히 사랑하고 노래 부르던 곳/전쟁과 평화의 기술이 자라고/델로스가 떠오르고 아폴로가 태어난 곳/영원한 여름은 지금도 모든 것을 황금빛으로 물들이건만/그들의 태양 이외에는 모두가 져버렸다.

9) * 곡패명.

10) * 그리스의 여류 시인. 그녀의 서정시는 유럽 애정시의 원초를 이룬다.

11) * 아테네 근처의 섬. 바다에서 떠올랐다고 하며 그곳에서 아폴로가 탄생했다.

12) 저자는 항상 중국 희곡 형식으로 외국 문호의 시집을 번역하려고 희망했다. 이것이 비록 매우 어려운 일이지만 성과가 있다면 문단 혁명의 위대한 실천이라고 할 것이다. 나는 훗날 이를 실천할 사람이 나타날 것이라고 생각한다. 이 두 장의 번역도 뛰어난 성과이다.

황 군이 말했다. "이 노래도 바이런의 시 같은데!" 리 군이 말했습니다. "맞아요. 「돈 주앙」[13] 제3편 86장 제1절인데, 이 시도 타인의 어조를 빌려 그리스인들을 일깨우려 한 겁니다." 피아노 소리가 다시 들리더니 또 노래하기 시작했다.

The mountains look on Marathon--

And Marathon looks on the sea;

And musing there an hour alone

I dream`d that Greece might still be free;

For standing on the Persian`s grave,

I could not deem myself a slave.[14]

如夢憶 · 桃源[15]

마라톤 평야 뒤에는 아름다운 산이 있고

마라톤 평야 앞에는 바다가 감싸듯 흐른다

이토록 아름다운 산하엔 빛나는 자유가 있어야 하지

---

13) *「돈 주앙(Don Juan)」은 1819~1824년 지은 서사시로 스페인의 전설적 난봉꾼인 돈 주앙을 현실을 풍자하는 새로운 인물로 묘사하였다.

14) 바이런의 원시를 원문에 충실하게 번역하면 다음과 같다. "산들은 마라톤 평야를 보고/마라톤 평야는 바다를 본다/나 홀로 한참 명상에 잠겨/꿈꾸었다. 아직 자유로운 그리스를/페르시아인들의 무덤에 섰을 때/내 스스로를 노예라 생각할 수 없었기 때문에"

15) *곡패 명

페르시아 군인의 무덤 내려다보며

설마 노예로 한평생 사는 건 아니겠지

노예로 한평생 사는 건 믿고 싶지도 않네[16)

황 군이 말했다. "매우 침통한 노래군!" 리 군이 말했다. "이 노래
는 제3절입니다. 전체가 16절로 되어 있으니 마음껏 노래들을 수
있겠네요." 귀 기울여 더 들어보려 하는데, 옆방에서 피아노 소리가
울리다가 돌연히 누군가 문을 두드리는 소리가 들렸다. 노래 부르
던 사람이 'Come in' 하고 말하자 문이 열리면서 피아노 소리와 노
래 소리가 모두 멈췄다. 황 군이 말했다. "이 사람은 누굴까? 다른
시는 부르지 않고 망국의 노래만 부르는 걸 보니 혹시 애국지사가
아닐까?"

리 군이 말했다. "이 시가 비록 망국의 노래이기는 하지만 웅장
하면서 격분하고 있기 때문에, 읽는 사람의 혈기를 왕성하게 합니
다. 이 시는 지속적으로 '조상의 신성한 피아노, 우리 손에 이르러,
어찌 타락하게 된 것인가?', '그리스인을 대신하여 땀이 등에 흐르
고, 그리스를 대신하여 눈물이 얼굴을 적시네', '선대의 왕은 전제
군주이긴 하지만 우리나라 사람이라, 오늘날처럼 투르크인의 노예

---

16) *번역은 본래 지극히 어려운 일이며, 시가를 번역하는 것은 그 가운데 제일 어려
운 일이다. 본편은 중국의 곡조로 외국의 뜻을 번역하고 적합한 악보와 운을 넣
었지만 곳곳이 막혀 원의를 잘 살릴 수 없었다. 이는 마치 추녀 무염을 꾸미면서 미
인 서시와 비교하는 것 같아서 죄과가 적지 않음을 알겠다. 독자들이 시 원문을
본다면 그 오묘함을 알 수 있을 것이다.

로 변하진 않았네' '아름다운 우리 규수들의 젖으로 어떻게 노예를 키우고 있는가?' 등의 많은 구절을 읊조리고 있죠. 맨 마지막 절에선 '노예의 땅은 우리가 거주할 땅이 아니고, 노예의 술은 우리가 마셔야 할 술이 아니네!'라고 얘기하고 있습니다. 구구절절이 마치 현재의 중국인들에게 말하는 것 같아요.[17] 저도 항상 이 시를 즐겨 낭송하고 있죠."

황 군이 말했다. "이 노래를 부르는 사람은 도대체 누구일까? 중국인이라면 왜 이런 학식을 지니고서 이곳에 상주하는 걸까? 외국인이라면 그의 가슴속에 어떤 불평이 있기에 마치 이 시를 빌려 불만을 토로하려는 걸까?"

두 사람이 마음대로 추측하고 있는데 옆방의 손님이 떠나는 소리가 들렸다. 곧이어 노래 부르던 그 사람도 문을 열고 나왔다. 두 사람은 그가 누구인지 살펴보려고 함께 산책하러 나가면서 문을 열고 주위를 둘러보았다. 마침 그 사람이 몸을 돌려 얼굴을 마주칠 수 있었는데 알고 보니 스무 살 정도 된 젊은 중국 소년이었다. 그는 곤색 주름비단 두루마기에 푸른 모직 마고자를 맞춰 입고 머리에 푸른색 융단 모자를 쓰고 있었다. 두 사람이 그를 자세히 살펴보자 그 사람도 황 군과 리 군을 또렷이 바라본 후 씩씩하게 걸어 나갔다. 두 사람은 방으로 돌아와 막 논의하려고 하는데 마침 밖에서 종소리가 울려 아침 시간이 다 되었음을 알고는 식당으로 밥을

---

17) 이처럼 좋은 시를 완역하지 못한 것이 참으로 애석하다. 작가의 게으름을 탓하지 않을 수 없다.

먹으러 갔다.

뤼순 항구는 본래 중국 제일의 천연요새로 이곳에 있는 황진산의 대포대는 높이가 족히 3백여 척이나 된다. 사방에 지관(鷄冠)산, 만터우(饅頭)산, 라오후웨이(老虎尾), 웨이위안(威遠)영, 만즈(蠻子)영, 이즈(椅子)산 등에 각기 포대가 있고, 대항만, 소항만, 수뢰영, 제조공장 등이 많이 소재해 있다. 청일전쟁 이후 일본이 점령했다가 이어 러시아가 교활하고 위협적인 수단으로 조차지라는 명목을 빌려 러시아의 판도로 귀속해버렸다. 현재 러시아인이 이곳을 관둥(關東)성으로 개명하고 총독을 파견하여 주둔시키고 있다. 관둥성은 총독의 관할 하에 4구로 나뉘어 있다. 첫째 다롄구, 둘째 피즈워(貔子窩)구, 셋째 진저우구, 넷째 뤼순구. 광서 28년 임인년에 러시아가 발간한 『시베리아 공상업 연보』에 따르면, 관둥성의 전 주민이 201,141명인데, 그중 러시아인이 3,286명, 유럽 각국의 사람이 194명, 일본·고려인이 628명이고 나머지는 모두 중국인으로 192,000명이나 되는데, 그중 산둥, 즈리 사람이 대부분이고 다른 성 사람들은 매우 적었다고 한다.

황 군과 리 군은 식사를 마치고 밖으로 나와 곳곳을 둘러보았다. 항구에 러시아 군함 20여 척이 정박해 있고 포대와 항만 공사가 바쁘게 진행되고 있었다. 시내는 그렇게 번화하진 않았지만 질서 정연하고 엄숙한 분위기를 띠고 있었다. 두 사람은 발길 따라 앞으로 가다가 한 상점을 보았는데 간판에 '광유성(廣裕盛)'이란 글자가 쓰여 있었다. 황 군이 말했다. "이곳은 분명 광둥사람이 운영하는 가게일 거야. 들어가서 한번 살펴보는 것도 좋을 듯하다." 원래 이 지역엔 남방 사람이 매우 적어, 이 가게 사람은 고향 손님을 만날 일이 매우 드물었다.

두 사람이 가게에 들어가 통성명을 하고 내력에 대해 물으니 가게 사람이 즐거운 마음으로 차와 담배를 접대하였다. 가게 안의 한 노인이 물었다. "두 분이 여기 온 것은 공적인 일 때문인가요 아니면 사적인 일 때문인가요?" 리 군이 말했다. "모두 아닙니다. 저희들은 유학을 마치고 귀국하는 길에 이곳 중국인의 상황이 어떤지 살펴보러 온 것입니다."

노인이 탄식하며 말했다. "그 일이라면 따로 물어볼 필요가 없소. 나는 18년 전에, 이곳에 포대를 짓고 항만을 수리하는 등 큰 공사가 많아 노동자들이 몰려왔기 때문에, 작은 가게 하나를 연 것이오. 그 덕분에 돈을 좀 벌어 가족들을 전부 데려와 살게 되었지요. 그런데 일본과의 전쟁에서 패한 후 연이어 새로운 세력들이 들어오더니, 오늘에 이르러 우리 땅과 집에서 주인 없는 고독한 손님 신세가 될지 생각이나 했겠소.[18] 가혹하고 포악한 실정은 이루 다 말할 수 없을 지경이오! 이곳의 러시아 정부는 새작닌에 1인낭 매월 1루블의 인두세를 거두려고 했죠. 1루블은 중국의 현재 은화 기준으로 약 1냥의 가치가 있다. 후에 어떤 관리가 말하는 것을 들으니, 중국인을 대할 때는 아무도 모르게 다루어야지 놀라 소란을 피우게 해서는 안 된다

---

18) 침통한 말이 눈물을 흐르게 한다.

고 하더군요. 그래서 이 일은 바로 철회되었지만, 다른 세금들이 각양각색으로 얼마나 많은지 알 수 없을 정도죠. 토지세, 주택세가 이전보다 배가 오른 일은 말할 것도 없고, 심지어 차, 가마, 갑판에 대해서도 세금을 물리지요. 이건 그만 두더라도 개 한 마리 키우는 데 2루블을 받고, 닭 한 마리 키우는 데 0.5루블을 받습니다. 두 분이 한 번 생각해보세요. 이런 세상에서 어떻게 살 수 있겠습니까? 장사하는 사람들은 더 힘듭니다. 최근엔 영업세를 신설하여 4등급으로 나누었죠. 1등급은 매년 360루블, 2등급은 120루블, 3등급은 60루블, 4등급은 40루블을 납부하는 것이죠. 이외에도 각종 명목이 헤아릴 수 없이 많습니다."

황 군이 말했다. "이런 것은 정식 세금이라 치고, 이외에 관리의 뇌물이나 약탈은 없나요?"

노인이 말했다. "어찌 없겠소! 러시아 관리사회의 부패도 중국과 마찬가지요. 여기서 장사하려면 매년 상당한 뒷돈을 준비해야 살아갈 수 있죠. 고기 한 덩어리를 팔고 성냥 한 갑을 팔아도 10~20%를 떼내어 관리들에게 나눠줘야 합니다. 이건 그만두더라도, 항상 이런저런 명목으로 상납하는 게 너무 많아 기억할 수 없을 정도죠. 한 가지 사건을 두 분께 들려 드리지요. 작년 8월 다롄만의 순경이 갑자기 명령을 내려, 모월 모일 황실에서 모 장관을 다롄에 파견하여 사무사찰을 하니 집집마다 청소를 깨끗이 하고 가구당 5~8루블을 헌납하라는 겁니다. 만약 깨끗하게 청소를 하지 않거나 기한 내에 이 돈을 내지 않으면 벌금으로 50루블을 내라

더군요. 자고로 '남의 낮은 처마 밑에 있으면 어찌 고개를 숙이지 않을 수 있겠는가'라고 했죠. 이런 유순하고 선량한 사람들이 그들에게 저항할 무슨 방법이 있겠습니까? 혼비백산한 백성들은 옷을 저당 잡히고 딸을 팔아 돈을 모아 납부하였죠. 그런데 2, 3개월이 지나도 장관의 그림자조차 보이지 않았소. 순경의 지갑이 가벼워지자 새로운 수작을 부려 돈을 벌려는 것에 불과했지요. 하지만 어떤 사람이 그들에게 따질 수 있겠습니까?[19] 지금 말한 건 관리사회이고, 군인들에 대해 얘기하자면 더더욱 강도나 다름이 없죠. 작년 10월 산둥인 부부가 급한 일이 생겨, 밤중에 눈보라를 무릅쓰고 진저우에서 뤼순으로 가다가, 도중에 코사크 기병과 마주쳤는데 행색이 의심스럽다고 그들을 끌고 갔습니다. 병영에 도착하자 장교가 자기 방으로 데려오라고 한 후 부인을 강간하고 남편이 가지고 있던 150원을 전부 빼앗고는 쫓아버렸습니다. 부인이 방에서 나오자 또 십여 명의 병사들이 윤간을 했으니 부인이 어떻게 견딜 수 있었겠습니까? 허무하게 목숨만 잃고 만 것이죠. 그 다음 날 남편이 관아에 가서 억울함을 호소했지만 아무도 신경 쓰지 않고 소송장조차 받지 않았습니다. 남편은 너무 화가 난 나머지 스스로 목숨을 끊고 말았죠. 다른 나라 국민 취급을 하는데 화가 나지 않을 수 있겠소?"

---

19) 자질구레한 일을 서술한 것인데도 살기가 등등하다. 훗날 중국이 분할당한다면 도처에서 이와 같은 처지에 빠질 텐데, 이를 두려워하지도 않고 방비하지도 않는다면 사람의 마음이 아니다.

황 군과 리 군은 여기까지 듣고 나자 자신도 모르게 얼굴에 분노가 일어났다. 리 군은 목을 세우고 말했다. "이런 빌어먹을, 언제쯤이나 이 분통을 다 풀 수 있겠습니까!"

노인이 말했다. "리 선생님! 화를 내도 소용이 없습니다. 여기서 오래 살다 보면 매일 이런 소식을 듣게 될 겁니다. 뱃가죽이 백몇십 개라 해도 울화통에 다 터져버릴지 모르죠!"

황 군이 말했다. "제가 신문을 보니, 여기 관리는 총독 이외에 4명의 구장, 경찰장, 재판장, 세무장 등 고위 관리만 러시아인일 뿐그 밑의 많은 하위 관리는 모두 중국인이라고 하더군요. 또 시의회는 중국 상인들이 추천한 의원으로 구성된다고 하던데, 이런 잘못된 일을 보면서도 정의감이 생기지 않는 겁니까?"

노인이 말했다. "말도 마세요! 말도 마세요! 이런 몹쓸 놈들을 돕는 후안무치한 사람이 없었다면 그나마 편안하게 살 수 있었을 겁니다. 이렇게 아첨하는 비열한 노예들은 매일 새로운 수작으로 학대하며 양민들이 몸을 피할 구석조차 찾지 못하게 하죠. 그만둡시다! 그만둡시다! 중국인이 권력만을 알 뿐이지 어찌 도덕을 알겠습니까?[20]"

황 군이 말했다. "어르신은 여기서 장사한 지 몇 년이 되어 자격이 부족하지 않은데 시의회에 자리가 있지 않으십니까? 어찌 공정한 사람들을 모아 잘못된 일을 바로잡지 않으십니까?"

---

20) 중국의 멸망은 바로 이점에서 기인할 것이다. 이러한 나쁜 근성을 타파하지 않는다면 중국에 다시 광명이 비칠 날을 바라기는 힘들 것이다.

노인이 말했다. "근래 장사가 잘 되지 않아 당연히 그런 자격이 없습니다. 그리고 규정상으로 의원을 백성의 공동추천으로 선발한 다고 하지만, 사실은 러시아 관리로부터 사 오는 겁니다. 나는 비록 재주와 학문은 없지만 창피함을 아는 사람입니다. 어떻게 나이 들어 염치를 버리고, 외국인을 대신하여 나쁜 일을 하는 노예가 되겠습니까?"

황 군이 공손하게 말했다. "본래 애국 호걸이셨군요. 실례했습니다."

리 군이 말했다. "그렇다면 어르신은 왜 고향으로 돌아가지 않고 여기서 끝도 없는 수모를 당하고 있는 것입니까?"

그 말을 듣더니 노인이 긴 한숨을 쉬며 말했다. "아! 손님, 내가 어찌 그걸 생각해보지 않았겠소? 지금 중국 관리사회에서 백성을 대한 태도가 여기보다 낫다고 생각하십니까? 몇 배나 더 심할지도 모르죠. 이게 다가 아닙니다. 지금의 정부 상태라면 내륙 18개 성이 조만간 외국인에게 분할되고 말 겁니다. 그때가 되면 여기나 마찬가지가 아닐까요? 이 늙은이가 지옥에 한번 떨어져봤으니 그걸로 충분합니다. 목숨 걸고 더 심한 지옥으로 달려가고 싶지는 않소.[21]

---

21) 전 국민이 삶이 즐겁지 않아, 차라리 외국인의 관할 아래 고통을 받을지언정 본국 정부의 통치 아래서 살지 않겠다고 한다면, 세상에 이런 상태에서 나라를 세울 수 있는 자가 어디 있겠는가! 내륙 사람들이 연이어 홍콩, 상하이를 낙원이라고 여기는 것도 비정상적인 현상이라 할 수 있는데, 고통의 강도를 비교하여 내륙을 버리고 차라리 뤼순을 선택하겠다는 사람에게 차마 무슨 말을 할 수 있겠는가? 이것은 의미를 배가시키는 표현법이다.

됐소! 됐소!"이야기를 하면서 노인의 눈시울이 붉어지더니 눈물이 왈칵 쏟아질 것만 같았다. 황 군과 리 군은 말을 더 걸기가 편치 않아 일상적인 인사말을 반복하다가 작별 인사를 하였다. 노인이 저녁을 먹고 가라고 진심으로 만류했으나 두 사람은 여관에 볼 일이 있다고 하며 겸손하게 거절하고 헤어졌다. 위에서 기록한 근래의 일은 모두 일본의 각 신문에서 수집한 것으로 한 글자도 지어내지 않았다. 독자들이 알아주기 바란다.

두 사람은 가게를 나서며 탄식을 금치 못했다. 그리고 항구에 가서 자세하게 조사한 후 여관으로 돌아왔는데 벌써 저녁시간이 되었다. 두 사람은 방에서 옷을 갈아입고 함께 식당으로 내려와 자리를 찾아 앉았다. 잠시 후 맞은편 좌석에 중국인 한 명이 앉아 있는 것을 보았다. 자세히 살펴보니 다른 사람이 아니라 바로 아침에 옆방에서 노래하던 그 미소년이었다. 서로 기뻐하며 자리에서 얘기를 나누기 시작했다. 황 군과 리 군은 주머니에서 명함을 꺼내 건네주며 본적, 직업, 경력을 간략히 설명하였다. 소년이 말했다. "제가 오늘 우연히 명함을 가져오지 않았네요. 양해바랍니다."계속해서 말했다. "저는 성이 천(陳), 이름이 멍(猛), 호는 중팡(仲滂)이며, 저장성 취저우(衢州)부 사람입니다. 예전에 후베이(湖北)무비(武備)학당에서 공부를 했습니다. 졸업한 후 상부에서 그곳에 남아 교직을 맡으라고 했는데, 관리사회의 부패한 모습을 참고 볼 수 없어서 사직을 하였죠. 지금 세상을 분주하게 다니며 국민으로서 자기 책임을 다하려고 하는데, 애석하게도 손잡을 동지도 없고 적당한 기회도 없어서, 이렇게 세월만 덧없이 흘러가는 걸 몇 년째

지켜보고 있습니다."

리 군이 말했다. "오늘 아침 우리가 옆방에서 그대가 바이런 시를 노래하는 걸 들었습니다. 웅장한 목소리에 감개무량한 기백이 담겨져 있어 분명 뜻을 품은 분이라고 추측했죠. 오늘밤 여기서 서로 만나게 되니 우리 여행이 정말로 헛되지 않았다는 생각이 듭니다. 여쭤볼 말씀이 있는데 그대는 어떤 연유로 뤼순항에 오신 건가요? 오랫동안 거주하시는 건가요 아니면 잠시 머무시는 건가요?"

천밍 군이 말했다. "두 분께 솔직하게 말씀드릴게요. 제가 후베이를 떠난 이후 마음속으로 항상 이런 생각을 했습니다. 러시아는 앞으로 중국과 관계가 제일 밀접한 국가가 될 텐데, 현재 민간지사들이 러시아 내부의 사정을 모른다면 훗날 러시아와 어떻게 교섭하겠는가. 이 때문에 러시아의 언어와 문자를 배우고 러시아 각 지역을 여행하기로 마음먹었습니다. 작년 4월에 이곳을 찾았는데, 언어를 배우면서 분할된 이후의 상황을 살펴보기 위해서였죠.[22] 중국이 향후 분할되는 재앙을 맞는다면 이곳이 바로 그 작은 그림자일 거라고 생각했습니다. 그래서 이곳에 한동안 머물며 자세하게 조사하고 싶었습니다. 현재 일정이 아직 잡히지 않았지만 여기서 1년 몇 개월 더 머물 것 같습니다." 그리고 나서 두 사람에게 물었다. "두 분은 유럽에서 유학하고 돌아오는 길인데 왜 갑자기 이곳을 들르게 된 겁니까?"

---

22) 이 책에서 특별히 이번 회를 쓴 이유도 이런 뜻에서였다.

황 군이 말했다. "우리는 상트페테르부르크에서 시베리아 철도를 타고 돌아오다가 산하이관에 도착했습니다. 우리가 떠난 지 몇 년 되지 않았는데 중국 지도 가운데 색깔이 바뀐 곳이 여러 군데라는 생각이 문득 떠올라 탄식을 금치 못했죠. 그래서 인근에서 길을 돌려 특별히 이곳을 살피러 오게 된 겁니다. 그대와 같은 심정이었죠."

세 사람은 의기투합하여 이야기를 나누다가 어느새 저녁 식사를 마치게 되었다. 천 군이 말했다. "아침에 문 앞에서 두 분을 만났을 때 그 늠름한 자태에 절로 존경의 마음이 생겨났습니다. 두 분이 양복을 입고 있어서 일본인이라고 생각했는데 자세히 살펴보니 아닌 것 같더군요. 의아해하던 참에 뜻하지 않게 다시 만났으니 이것도 인연이라고 할 수 있겠지요. 아직 깊이 얘기 나누지 못했지만 오랜 친구를 만난 기분입니다. 저녁에 제 방에 오셔서 실컷 얘기하며 서로 마음을 털어놓는 게 어떻겠습니까?" 황 군과 리 군이 말했다. "매우 좋습니다." 그리고는 세 사람이 자리에서 일어났다.

황 군과 리 군은 방에 돌아와 세수를 하고 옷을 갈아입은 뒤 천 군이 머무는 옆방으로 갔다. 방은 앞뒤 두 칸으로 나뉘어 있는데 뒤 칸은 침실이고 앞 칸엔 책상이 놓여 있었다. 책상 맞은 편 벽에는 영어로 된, 러시아의 동양 식민지도가 걸려 있었다. 책상 좌측에는 작은 피아노가 놓여 있었고 우측에는 유리와 나무로 만든 책장이 세워져 있었다. 책장 안에는 많은 책들이 어지러이 놓여 있었다. 세 사람은 책상 옆에 빙 둘러앉았다. 황 군은 손 가는 대로 책상 위에 놓여 있는 책 한 권을 들어 살펴보니 영국의 대문호 밀턴[23]의 시집이었다. 그 책은 열심히 읽어서 종이가 닳아버린 상태였다. 황 군이 말했다. "그대는 분명 문학도 매우 뛰어나고 음률에도 정통한 것으로 보이네요?" 천 군이 말했다. "부끄럽습니다. 예전에 군대에 관해 배울 때 외국의 군가를 듣고 음악이 민족정신과 매우 밀접한 관계가 있다고 여겨, 한번 연구해보고 싶다는 생각이 들었죠.[24] 밀 턴과 바이런의 시집은 제가 가장 애독하는 시집입니다. 밀턴은 크 롬웰을 도와 영국혁명의 대업을 이루게 했고, 바이런은 이탈리아 비밀당에 입당하여 그리스의 독립을 위해 헌신적으로 도왔기 때문 입니다. 이런 분들은 문학적으로 뛰어날 뿐 아니라 진정으로 숭배 할 가치가 있죠."[25]

황 군과 리 군은 천 군의 말을 듣고 존경심이 더욱 일어나기 시 작했다. 속으로 생각하기를, 이분은 참으로 학문, 기개, 정신 등 모 든 면에서 범상치 않은 분이다. 틀림없이 훌륭한 인물이 될 거야. 국내에 인재는 있으나 그들을 이어줄 사람이 없어 일을 이루지 못 하는 것 같구나. 두 사람이 이런저런 생각에 표정이 굳어지고 한참 동안 말이 없었다. 이때 천 군이 갑자기 물었다. "두 분이 시베리아 에서 오는 동안 펑톈, 지린 등 각 지방을 지나오셨을 겁니다. 제가

---

23) *밀턴(1608~1674)은 영국의 시인으로 종교 개혁 정신의 부흥, 정치적 자유와 공 화제를 지지하였다. 장편 서사시 「실낙원(失樂園)」과 「복낙원(復樂園)」을 썼다.
24) 훗날 군가 제작은 음악 개량의 복선이 된다.
25) 이 말은 믿어야 하는가? 믿지 말아야 하는가?

궁금한 게 한 가지 있는데 두 분께서 가르쳐주실 수 있겠지요?" 황 군이 말했다. "물어보고 싶은 게 무엇입니까?" 천 군이 말했다. "재 작년 의화단의 난이 일어났을 때 러시아는 내란을 평정하겠다는 구실로 둥베이 3성 도처에 군대를 파견하여 주둔시키고 있죠. 최근 몇 차례 교섭을 거쳐 러시아가 주둔 군대를 철수시키겠다고 승낙 했습니다. 지금 베이징 정부의 사람들은 이곳의 후환이 사라졌다 고 말하고 있고요. 그러나 각국의 신문에서 보도한 바 대로 러시아 의 군대는 철수하지 않은 것이나 마찬가지일 뿐 아니라 오히려 세 력이 이전보다 더 강화되었습니다. 이런 상황에 대해 다소 짐작은 했지만 몸소 그 지역을 가보지 못해 대체 어떻게 된 영문인지 알 수가 없네요. 두 분께서 막 그 지역에서 오셨으니 내막을 알고 계 시겠지요?"

황 군이 말했다. "우리가 귀국할 때 길 따라 머물면서 조사를 했 습니다. 시일이 길지 않아 매우 정확하다고 할 수 없지만 대략적으 로 파악할 수 있었죠. 러시아 군대의 철수는 철수라고 하기가 어 렵습니다. 이는 귀를 막고 방울을 훔치는 거나 마찬가지죠. 위치를 약간 옮긴 것에 불과합니다. 〈카시니조약〉, 〈파블로프조약〉 카시니는 전 러시아 베이징 주재 공사. 파블로프는 전 러시아 공사 서리. 광서 22년 리훙장은 카시니와 제1차 중 국-러시아 비밀조약을 체결했다. 24년에는 총리아문에서 파블로프와 조약을 체결했다. 각국의 신문에서 모두 두 대사의 이름으로 조약을 명명하였다. 에서 러시아가 군대를 파견하여 철 도를 보호하도록 허용했죠. 러시아 철도는 하얼빈에서 지린, 펑 톈, 랴오양에서 잉커우에 이르고 있는데, 중요하고 번화한 모든 도시가 철도의 세력 범위 안에 위치해 있습니다. 그래서 말은 철수한다고 하지만 이는 철수하지 않는 것이나 마찬가지죠.[26] 보세요. 뉘좡에서 철수한 군대는 랴오허 상류 지역의 러시아 조계지와 동쪽의 몽고인 지역으로 옮긴 것에 불과합니다. 이 두 지역은 뉘좡에서 1시간 거리일 뿐이죠. 펑톈부에서 철수한 군대는 성안에서 성 밖의 조계지로 옮긴 것에 불과하여 성에서 몇 리 거리일 뿐이죠. 지금 그곳에선 대규모 병영 건설이 한창인데 족히 6천여 명을 수용할 수 있는 규모입니다. 랴오양에서 철수한 군대는 성 밖의 철도 조계지로 옮겨갔는데, 그곳에선 석벽으로 대병영을 새로 짓고 날마다 포대 건축공사를 벌이고 군대병원을 건설하는 게 완전히 영구 주둔을 준비하는 태세죠. 또 지린성 군대는 4월 8일 서력 1903년 4월 8일 까지 철수한다고 하나 사실은 서쪽 거안지(格安集)로 옮기는 것에 불과하니 아마 이 말도 거짓일 겁니다. 왜 그럴까요? 지금 러시아는 베이징정부를 협박하여 철도 지선을 거안지에서 지린성의 도시까지 개통하려 하는데, 무엇 때문에 군대를 옮기려 하겠습니까? 하얼빈은 러시아의 대도시라 할 수 있는데 아예 군대조차 철수하지 않고 있죠. 이렇게 볼 때 군대 철수라는 말은 원숭이 사육자가 원숭이를 사육하는 술책

---

26) 최근의 이러한 일은 지역에 따라 보완하여 서술한 것인데, 이 책 한 권을 읽어도 책 수십 권을 읽는 듯하며 곳곳에서 상식을 제공해준다. 『소설보』의 특기가 바로 이 점에 있다.

인 조삼모사(朝三暮四)[27]로 바보 같은 베이징정부 사람들을 속이는 게 아니고 뭐겠습니까? 제가 보기에, 둥베이 3성은 이미 러시아의 인도로 변했습니다. 그대가 이곳에서 1년 가까이 힘껏 조사했으니 견해가 분명 더 정확할 터인데, 어떻게 생각하시는지 모르겠군요?"

천 군이 말했다. "예 그렇습니다. 러시아인의 악랄한 음모는 정말로 사마소(司馬昭)[28]의 야심과 같아서 길 가는 사람도 모두 알고 있는 사실인데 베이징정부가 어찌 모를 수 있겠습니까? 그저 자기 자신을 속이며 그 기간을 연장하려는 것일 뿐이죠. 최근 몇해 동안 러시아가 아시아를 지배하는 야만적 세력은 정말 사람을 놀라게 할 정도입니다. 1900년 3월 19일 일본-러시아 관보에 따르면, 중국 국경과 헤이룽장 연안의 육군 총 59,360명, 시베리아 지방 15,610명, 관둥성 _{뤼순, 다롄 일대} 13,420명 그리고 그 후 새로 편성된 군대가 17,200명, 시베리아 신군 46,000명, 코사크 17,500명

---

27) *중국 송(宋)나라의 저공(狙公)이 자신이 키우는 원숭이들에게 먹이를 아침에는 세 개, 저녁에는 네 개를 주겠다고 하자 원숭이들이 화를 내므로, 아침에는 네 개, 저녁에는 세 개를 주겠다고 바꾸어 말하니 기뻐하였다는 고사에서 유래하였다.

28) *삼국시대 위나라 대신 사마의는 정변을 일으켜 조상 형제와 그 일당을 제거하고 대권을 장악하였다. 사마의가 죽자 그의 아들 사마사가 권력을 계승했고 사마사가 죽자 동생 사마소가 대장군이 되어 권력을 장악하였다. 황제 조모는 이런 상황을 타개하고자 시중 왕침 등을 불러 "사마소의 야심은 길 가는 사람들도 다 안다. 나는 앉아서 죽을 수 없다. 기다리다가는 사마소에게 폐위당할 것이 뻔하니 우리 함께 저들을 토벌하자고 제안했다."

등으로 총 169,000명이라고 합니다. 철도를 보호하는 군대는 이 통계에 들어 있지 않습니다. 해군은 중일전쟁이 시작되기 전에는 러시아동양함대에 순양함 6척, 시베리아 해군단에 포함 4척뿐이었습니다. 하지만 작년 통계에 따르면, 동양함대에 벌써 전투함 5척, 순양함 8척, 포함 3척, 구축함 5척이 있고, 시베리아 군단에는 순양함 1척, 포함 6척이 있어서 도합 27척, 11만 749톤에 달한다고 합니다. 여기 뤼순 항구가 바로 동양함대의 근거지이지요. 그들은 매일 훈련을 하는데 마치 적군이 앞에 있는 것 같지 않습니까? 이뿐만이 아닙니다. 근래에 또 소형 함대가 추가되어 25척의 소형 배가 새로 건조되었는데, 전적으로 투먼강, 우수리강을 순시하면서도 해적을 방비하기 위해서라고 하죠. 이것은 최근의 사실로 이번 달 14일 로이터통신의 보도에 근거한 것이다. 제가 보기에, 현재 북방 일대는 중국 지역이라고 할 수 없습니다. 각국이 현재 세력균형정책을 지속하고 있지만 베이징정부가 노쇠하여 순종하기만 할 뿐이며 각국이 그들을 꼭두각시로 삼고 있으니, 사실 중국분할정책이 이미 실행되고 있다고 해야 할 겁니다. 지도의 색깔이 바뀌지 않았지만 주권을 잃어버리고 관리와 백성이 모두 그들의 충성스런 자손이 되었으니, 이게 분할된 상태와 무슨 차이가 있겠습니까? 믿지 못하겠다면 둥베이 3성의 세 장군의 행실을 자세히 살펴보세요. 어떤 일이든 기꺼이 중국의 역적 노릇을 하고 러시아를 위해 충성을 다하려 하지 않습니까?"[29]

리 군이 말했다. "염치도 모르는 이런 관리들은 말할 것도 없지만, 왜 인민들도 이들에게 기꺼이 복종하는 거지요?"

천 군이 말했다. "누가 기꺼이 복종하려 하겠습니까? 그렇지만 동양인은 억압에 익숙해 있어서 저항의 힘이 갑자기 생겨날 리가 없지요. 게다가 러시아가 이곳 사람들을 대할 때 전승국이 포로를 대하는 수단을 사용하여 오로지 자신들의 위엄을 내세우며 중국인들에게 자신들의 무시무시함을 알게 합니다. 그들의 난폭하고 무례한 사건들은 다 이야기할 수 없을 정도죠. 제게 어제 부쳐 온 신문이 있는데 이 상황에 대한 기사가 실려 있습니다. 두 분께서 한번 읽어보시지요." 그러면서 우측 책장 아래쪽에서 서양 신문 한 장을 꺼냈다. 두 사람이 보니 미국 샌프란시스코의 〈아리조나〉 신문이었다. 천 군이 신문 3쪽을 펼쳐 어떤 제목을 가리켰는데 「만주 귀객담(滿州歸客談)」이었다.[30] 그 기사에서 다음과 같은 글이 쓰여 있었다. 미국의 한 의원[31]이 러시아가 중국인을 대하는 실정에 관해 조사하려고 중국복장으로 갈아입고 만주 지방을 돌아다녔는데, 그곳에서 반달 정도 살펴본 후 어제 귀국하였다. 그의 말에 따

---

29) 어찌 둥베이 3성의 장군만 그러하겠는가? 베이징정부와 각성의 고관들은 모두 딴마음을 품고 외국 세력에 기대어 밥그릇을 챙긴다.

30) 수많은 비리에 대해 중국 신문은 한 건도 언급한 적이 없다. 너무 익숙해져 불편함을 느낄 수가 없을 지경이다.

31) *의원 이름이 '波占布恩'이라고 되어 있으나 누구인지 알 수 없어 미국의 한 의원이라고 번역하였다.

르면, "코사크 병사가 도처에서 중국인을 학대하는데 실로 참을 수 없는 지경이었다. 중국인은 식사조차 밀실에서 숨어서 하는데, 만일 그렇게 하지 않다가 지나가는 코사크 병사와 마주치게 되면, 그들이 배고프지 않으면 다행이지만 그렇지 않을 경우 곧바로 달려 들어와 닥치는 대로 먹어치운다. 내가 중국복장을 한 탓에 그들을 한 차례 겪어본 적이 있다. 내가 밥을 먹기 시작하다가 채 두 숟가락도 먹지 못했는데 그들에게 빼앗겨버린 것이다. 또 중국인이 운영하는 가게에 코사크 병사가 들어가 마음에 드는 물건을 보더니 가격이 얼마인지 상관하지 않고 자기 마음대로 몇 푼을 주며 가지고 가버렸다. 심지어 한 푼도 주지 않을 때도 있었다. 또 철도, 광산에서 일하는 노동자들은 여러 번 병사들에게 급료를 다 빼앗기곤 했다. 이런 뉴스는 너무 흔하여 새로운 일이 아니었다. 한번은 내가 잉커우에서 차를 타고 인근 지방으로 가게 되었다. 도중에 코사크 병사를 만났는데 다가오더니 다짜고짜 차에서 내리게 하고 이 차를 빼앗아 자기가 타려고 했다. 내가 허락하지 않자 때리려고 주먹을 휘두르는데 다행히 러시아어 몇 마디를 알아 미국인이라고 밝히고 나서야 풀려날 수 있었다. 또 한 번은 터무니없이 내게 옷을 벗으라고 했는데 신분을 밝히고 난 후에야 벗어날 수 있었다. 이곳에 머문 지 20일밖에 되지 않아도 난폭하고 무례한 일을 이렇게 많이 당하는데, 이곳에 거주하는 중국인들은 어떻게 살아가는지 알 수가 없구나!" _{이 단락은 메이지 1936년 1월 19일 도쿄 일본 신문에서 번역한 글에 근거한 것으로 한 글자도 증감하지 않았다.}

황 군과 리 군은 글을 다 읽고 나서 말했다. "그렇다면 만주 다른 지역의 중국인들이 받는 학대는 뤼순 일대보다 더 심하겠네요?"

천 군이 말했다. "훨씬 심하지요. 제가 보기에, 러시아인의 의도는 둥베이 3성의 인민들을 참고 견딜 수 없을 정도로 핍박하여, 일어나 대항하려 들면 반란을 평정한다는 명분으로 군대를 더 파견하여 주둔시키고, 몇 차례 반란을 평정하다가 중국에서 배치한 꼭두각시 관리조차 아예 없애려는 것 같습니다."

황 군이 말했다. "러시아인의 이런 행실은 치를 떨리게 하여 마치 호랑이가 사람을 잡아먹는 것 같지만, 이는 사람들이 증오하며 방비할 수 있는 것입니다. 남방에서 세력을 확보한 몇몇 국가는 여우의 수법을 전용하여 먼저 피를 빨아먹고 나서 천천히 목숨을 빼앗는데, 사람들은 죽기 직전까지 그들이 자신의 연인이라고 생각하죠.[32]"

리 군이 말했다. "여우는 물론 가증스럽고 호랑이는 무시무시합니다. 천형, 그대는 이곳에 오래 머물러 상황을 잘 파악하고 계시니 장차 그들을 대처할 방법에 관해 생각한 게 있습니까?"

천 군이 말했다. "지금 중국은 그런 부류의 사람들이 정부를 장악하고 있으니 무슨 할 말이 있겠습니까? 만일 국면이 바뀌어 전 국민들이 진실로 정신을 차린다면, 러시아는 두려울 게 없다고 생각합니다."

---

32) 내륙 사람들은 영일연맹이 중국을 보전하기 위한 것이라는 말을 듣고 그들에게 감격해하는데 이 말을 경청하기 바란다.

리 군이 말했다. "무슨 연유 때문인가요?"

천 군이 말했다. "세상에서 팽창하는 국민의 힘보다 더 무서운 건 없습니다. 현재 영국, 독일, 일본은 모두 이런 힘에 추동되어 중국을 타겟으로 삼은 겁니다. 유독 러시아만은 이런 힘이 없다고 할 순 없지만 대부분 군주, 귀족의 침략 야심에서 비롯된 것이죠. 그래서 저는 여러 나라 가운데 러시아가 제일 저항하기 쉬운 나라라고 생각합니다. 작년 일본인이 쓴 『러시아망국론』[33]이란 책을 읽은 적이 있는데, 러시아가 노쇠한 제국이며 머지않아 멸망할 것이라고 하더군요. 비록 시각이 좀 편파적이기는 하지만 정곡을 찌르고 있습니다. 지금 러시아는 매일 다른 나라를 침략하고 있는데 이는 끊임없이 일어나는 내란 때문입니다. 침략을 통해 인심을 진압하려는 속셈이죠.[34] 사실 러시아의 국력으로 어찌 오늘날의 경제력 경쟁에서 우세한 위치를 점할 수 있겠습니까? 러시아는 현재 다른 나라를 따라 상공업 진흥 정책을 떠들고 있지만 전제체제가 폐지되지 않으면, 군주와 재상이 고심하여 경영한다 하더라도 민력이 결코 발달할 수 없습니다. 오늘날 민력이 발달하지 않은 나라가 세계에 군림할 수 있겠습니까? 제 생각엔, 중국이 앞으로도 영원히 유신을 이룩할 날이 없으면 모르겠지만, 만일 이러

---

33) *1901년 9월 우치다는 러시아 여행에서 얻은 경험과 정보를 분석하고 정리하여 『러시아망국론(露西亞亡國論)』을 출판했다.

34) 이러한 시각은 수십 회 이후 중러전쟁 개진의 복선이 된다. 소위 정위조(精衛鳥)가 천년 동안 일심으로 바다를 메우고, 태어난 지 삼일 된 호랑이가 소를 삼키듯, 우리 국민들은 망령되이 스스로를 비하해서는 안 된다

한 날이 온다면 틀림없이 러시아와 결별하게 될 것입니다.[35] 그때가 되면 러시아의 허무당[36]도 뜻을 이루게 되었을 것이며 지구상에 전제체제도 자취를 감추었을 겁니다. 두 분은 어떻게 생각하시는지요?"

황 군과 리 군은 고개를 끄덕이며 동의하였다. 시계를 보니 시곗바늘이 11시를 가리키고 있었다. 두 사람은 작별을 고하고 숙소로 돌아가려 했다. 천 군이 말했다. "두 분은 여기서 며칠 머물 예정인가요?" 황 군이 말했다. "이삼일 정도일 겁니다." 천 군이 말했다. "내일이 마침 일요일이고 저도 다른 일이 없으니 두 분을 모시고 다롄만, 진저우를 돌아보고 싶은데요?" 리 군이 말했다. "매우 좋습니다. 내일 만나죠." 그러고는 헤어져 방으로 돌아와 밤새 아무 말도 하지 않았다.

이튿날 아침 여섯 시에 기상하여 함께 식당으로 가서 밥을 먹은 후 세 사람은 동반하여 다롄 만, 진저우, 피즈워 등의 지역을 돌아보았다. 이틀 연속 돌아다니면서 천 군은 러시아의 여러 가지 내정과 관둥성에서의 책략에 대해 얘기하였고, 황 군과 리 군은 구미

---

35) 모든 회마다 어둡고 침울한 풍경을 서술했는데 이 부분을 읽으니 원기가 왕성해진다.

36) *1860년대 제정 러시아에서는 급진적 언론인이자 사상가였던 니꼴라이 체르니셰프스키를 지도자로 하여 결성된 혁명적 민주주의 당파가 있었다. 그들은 요인 암살이나 협박, 폭력 따위 수단에 의하여 사회 변혁을 꾀하였는데 허무주의를 신봉하여 일체의 권위를 인정하지 않고 사회의 기성 도덕과 제도를 파괴하여 자유로운 사회를 이룩하려 하였다. 그 정당의 이름이 '허무당'이다.

각국의 여러 가지 문명정신에 대해 얘기하였다. 이로 인해 세 사람은 두터운 정이 쌓여 진정한 동지가 되었다.

사흘 후 황 군과 리 군은 작별을 고하고 베이징으로 돌아가려고 했다. 천 군이 말했다. "두 분께서 아예 웨이하이웨이, 쟈오저우를 한 번 둘러보고 바닷길로 돌아가는 게 더 좋지 않겠습니까?" 황 군이 말했다. "우리 짐이 아직 산하이관에 있어서 다시 그곳으로 가야 합니다." 천 군은 더 이상 만류하지 않고 "몸조심 하세요"라고 인사하며 이별하였다.

황 군과 리 군은 뤼순에서 새벽 차를 타고 저녁 8시쯤이 되어서야 산하이관에 도착했다. 두 사람은 지난번 묵었던 여관의 방에서 체류하였다. 대충 저녁식사를 한 뒤 밀려오는 피곤 때문에 눕자마자 잠이 들었다. 이튿날 일어나 세수하고 짐을 정리한 후 떠나려던 참에 고개를 들어 벽을 보았다. 예전에 취하여 벽에 써놓은 시사(詩詞) 아래에 그 글을 이은 문장이 가득 쓰여 있었다. 앞으로 다가가 자세히 보니 한 편의 화답시였다. 두 사람은 그 시를 보면서 낭독하였다.

피비린내 속에서 누가 오늘날이 태평시대라고 믿겠는가!
나라가 망하고 가정이 무너져도 상관하지 않고
꿈속에서 취하기만 바라고 있으니
내가 시들어가는 걸 알겠구나
아득한 석양은 무한히 아름답지만

중원 바라보니 황혼이 지는구나

눈물은 아직 마르지 않았고

마음은 죽기도 어렵구나

인권에 남녀구별이 어디 있단 말이오

여룡(女龍)은 이미 깨어났는데

수사자(雄獅)가 여전히 잠에 빠진 것이 한스럽구나

태양을 물러나게 한 노양공의 일[37] 함께 약속해놓고

책임은 남자만의 것이라고 할 수 있겠는가

이번 여행길에 걱정거리 더 늘어났네

비범한 글(盾鼻)[38]은 남아 있는데 사람은 보이지 않고

아득한 하늘 향해 시를 읽다 눈물이 흐르네

이별 노래 계속하며 포부를 적는다

다 읽은 후 황 군이 말했다. "이 시에 여성의 어조가 있는 것 같은데." 리 군이 말했다. "필적을 보니 웅혼하면서도 아름다운 기운을 지니고 있으니 틀림없이 규수일 겁니다."

계속 읽다가 보니 발문 두 줄이 쓰여 있었다.

---

37) 이 일은 전국시대 초나라 노양공이 한나라 군대와 전투를 하던 중에 해가 서쪽으로 기울자 창을 휘둘러 태양을 다시 90리나 물러나게 하여 싸웠다는 이야기에서 유래하였다.

38) 순비(盾鼻)는 남북조 시대 양나라 무제의 어릴 적 친구인 순제가 결코 무제에게 뒤떨어지지 않는다는 자부심을 과시하며 "나는 방패 손잡이 위에다 먹을 갈아 격문을 써서 그를 성토할 수 있다(盾鼻上磨墨檄之)."고 한데서 유래하였다.

동유럽으로 유학을 가다가 북방 변경 지역에 이르게 되었다. 벽에 새로운 시가 쓰여 있는데 먹물이 여전히 촉촉하였다. 중생이 모두 취해 있는데 아직 이런 사람이 있다니. 여러 번 반복해서 읽어보니 국민의 축복이로구나. 갈대와 가을 물이 서로 만나지 못하니 내 아쉬움이 어떠할꼬? 실망으로 속이 쓰리다가 이렇게 이어서 시를 쓴다.

리 군이 말했다. "기이하구나! 이 사람은 시베리아 철도를 타고 유학을 가고 있으니 공교롭게도 우리와 스쳐 가는 신세가 아닌가? 왜 유학을 서유럽으로 가지 않고 동유럽으로 가는 걸까? 홍콩으로 가지 않고 이곳에서 가는 걸까?" 이렇게 의심하며 잠시 추측해보아도 결론이 나지 않아 그녀의 시를 베껴 『승풍기행』 안에 기록할 수밖에 없었다. 두 사람은 그날 기차를 타고 텐진을 경유하여 베이징에 도착하였다.

전체 해설: 오늘날 중국은 유형 무형의 모든 사물에 혁명을 하지 않을 수 없어서, 시계혁명이나 문계혁명처럼 세상에서 날마다 혁명을 외치고 있다. 그러나 지금 혁명시라고 부르는 것은 단지 신학문의 한두 명사를 모아 세상의 이목을 자극시키는 것일 뿐이다. 유신을 얘기하는 자도 마찬가지다. 병선(兵船)을 구입하고 서양 체조를 훈련하고 철도를 개통하는 등의 일을 문명의 절정이라

고 여기지만, 이는 형체는 있으나 정신이 없는 것이다. 저자는 시로 이름을 얻지 않고, 항상 시계혁명을 말하기 좋아하면서 서양 문호의 의경과 풍격을 용해시켜 자신의 시에 넣으면 신천지를 개척할 수 있다고 말했다. 또 셰익스피어, 밀턴, 바이런의 걸작을 극본 형식으로 번역하는 것은 어려운 일이 아니라고 말했다. 아! 포부가 대단하구나! 이번 회에는 본래「돈주앙」16장을 전부 번역하려고 했으나, 너무 어렵고 시일이 촉박한데다 또 너무 지루할까 걱정되어 세 장만 번역하고 중지하였다. 인쇄할 때 다시 두 번째 장을 삭제하여 두 장만 남게 되었다. 그렇지만 고심한 흔적은 엿볼 수 있다. 번역한 후 그렇게 만족스럽지 못했을 뿐 아니라 원의를 충실히 표현하지 못했다고 생각되었다. 그러나 나는 번역가의 문장은 자구만을 추구해서는 안 되며 그 정신을 잃어버리지 않는 것이 제일 중요하다고 여긴다. 이렇게 하지 않으면 난해한 병폐가 생겨 문장을 이루기가 어려울 것이다. 육조와 당나라의 성현들이 불경을 번역한 것을 보면 종종 편장의 순서가 전도되어 있고 이리저리 뒤섞여 있는데, 번역을 잘하는 사람이라면 응당 이렇게 해야 할 것이다. 저자들과 중서의 문학가들은 이에 대해 어떻게 생각하는가?

분할의 참혹함을 얘기하는 자는 많으나 진심으로 그것을 걱정하는 이는 드물다. 세상인심이 보이지 않는 것에 가리어, 제비와 참새처럼 둥지에 안주하며 불난 줄도 모르고 즐거워하고 있다. 본 편은 뤼순의 참상을 서술하여 현실의 그림자로 삼은 것이며, 국민의 정

수리에 일침을 가하는데 매우 중요한 글이다. 사건을 완벽하게 서술하지는 못했지만 자료를 수집하는 데 큰 공을 들였다는 점은 독자가 알 수 있을 것이다.

제5회

분상(奔喪) 가는 배 기다리며 괴이한 현상을 목도하고, 사회의 병폐 개선할 적합한 방법을 논의하다

황 군과 리 군이 천중팡과 헤어지고 베이징으로 돌아왔을 때 마침 중국-러시아의 새로운 비밀조약이 일본 신문에 의해 폭로되었다. 또 광둥 순무가 프랑스 군대를 끌어들여 역당을 진압하겠다는 소문이 돌고 있었다. 상하이와 도쿄 학생들의 분노가 극에 달했으며, 상하이의 신당은 매일 장원(張園)[1]에서 집회를 하고 전보로 이 소식을 알렸다. 도쿄의 학생들도 의용대를 구성하고 모두가 주먹을 불끈 쥐었는데 그 기백이 대단하였다.

황 군과 리 군은 고국을 오래 떠나 있어서 근래의 인심 풍속이 어떤지 잘 모르고 있었지만, 이러한 거사 소식을 듣고 기쁘기 그지없었다. 그래서 서둘러 상하이로 달려와서 이 기회에 호걸들을 물

---

1)   *상하이 南京西路 泰興路 부근에 있는 공원.

색하여 서로 연통하게 할 생각이었다. 배가 상하이 부두에 도착했을 때, 광생상(廣生祥)이라는 가게를 운영하는 황 군의 외삼촌 천싱난(陳星南)이 종업원을 보내어 두 사람을 맞이하게 했다. 천싱난은 두 사람을 보고 희비가 교차하는 마음으로 다정하게 맞이해주었다. 황 군이 집안의 안부를 묻는데 외삼촌이 얼버무리고 넘어가자 이상하다는 생각이 들었다.

저녁 때 환영회를 열어 식사를 마치고 나서 세수를 하고 한참을 앉아 있는데, 천싱난이 주머니에서 전보 한 통을 꺼내어 무표정하게 건네주었다. 황 군은 전보를 보자 두 눈이 멍해지더니 눈물이 구슬처럼 흐르기 시작했다. 리 군이 황급히 전보를 빼앗아 보니 윗면에 "모친 지난 달 작고. 부친 위중, 속히 돌아오세요."라는 글자가 적혀 있었다. 본래 황 군에게 이름이 커우(克武)인 친동생이 있었는데 이 전보는 그가 친 것이었다.

리 군은 전보를 보고 나서 멍하니 아무 말이 없었다. 어린 시절 부모님이 돌아가신 후 총산 선생님이 키우고 가르쳐주시어 친자식보다 더한 은혜를 입었는데 지금 이런 변고가 생긴 것이었다. 이번에 돌아가서 마지막 인사 드릴 기회조차 없을 수 있다는 생각이 드니 비통해지기 시작했다. 황 군은 이미 눈물범벅이었고 천싱난은 황 군을 달래기도 그렇고 달래지 않기도 그래서 그저 조용히 앉아 있을 수밖에 없었다. 한참 후 리 군이 눈물을 머금고 물었다. "어르신께서 우리를 위해 배편을 좀 알아봐주시겠습니까?" 천싱난이 말했다. "며칠 전부터 너희들이 도착하기를 기다리고 있었다. 공교롭게도 오늘 오전에 룽먼으로 가는 배가 떠나고 나서 너희들이 왔구나. 지금 제일 빠른 게 월요일 프랑스회사 선박이니 여기서 3일은 더 기다려야 한다." 두 사람은 어찌 할 도리가 없었다. 천싱난은 다시 한 번 진심으로 위로하였고, 그들은 의기소침하여 10시 반까지 앉아 있다가 객실로 잠을 자러 갔다.

황 군은 이리저리 뒤척이며 밤새 잠을 이루지 못했다. 날이 밝아서야 어렴풋이 눈을 붙였다. 다음 날 아침 7시에 리 군이 먼저 일어나 세수를 하고 있는데 가게 점원이 서양식 명함을 들고 와서 말했다. "밖에 어떤 손님이 두 분을 뵈려고 거실에서 기다리고 있습니다." 리 군이 명함을 보니 중앙에 '중밍(宗明)'이라는 글자가, 아래 모서리 부분에는 '자는 즈거(子革), 지나제국 사람'이라는 글이, 위편에는 한 줄의 작은 글씨로 '난징고등학당 퇴학생 민의공회 초대원'이라고 쓰여 있었다. 리 군이 명함을 보고 중얼거렸다. "어떻게 퇴학생이라는 말이 직함이 되는 거지?" 대단하군, 대단하군. 이렇게 생각하면서 서둘러 양치질을 마치고 옷을 갈아입은 후 거실로 나왔다.

중밍이라는 사람은 변발을 잘랐고, 4, 5인치 길이의 앞머리가 이마를 가렸으며 양쪽 머리는 거의 어깨까지 닿을 정도였다. 옷은 청색 면 두루마기를 입고 발은 서양식 단화에 검은 양말을 신고 있었으며, 찻상 위에 동양식 밀짚모자가 놓여 있었다. 리 군은 이런 차림새를 보고 놀라지 않을 수 없었다. 이는 상하이에서 유행하는 차림인데 그대는 어찌 이리 놀라는 것인가? 서로 얼굴을 보고 악수를 하였다. 리 군이 통성명을 하자 중밍이 말했다. "황 군은 어디 있나요?" 리 군이 말했다. "일이 생겨서 지금은 나올 수 없습니다."

두 사람이 자리에 앉자 중밍이 먼저 입을 열었다. "우리는 모두 중국 미래의 주인공입니다. 초면이지만 마음을 털어놓고 이야기하죠." 리 군은 주인공이라는 말을 잘 이해하지 못하여 겸손하게 몇마디를 건넨 뒤에 물었다. "그대는 어떻게 우리의 행적을 알고 계신 건가요?" 중밍이 말했다. "어제 저희 공회의 총간사인 정보차이(鄭伯才)가 뤼순에서 천중팡이 보내온 편지를 받았는데 두 분을 언급하고 있어서 제가 알게 된 겁니다." 리 군이 말했다. "그대가 중팡을 알고 계십니까?" 중밍이 말했다. "만나지는 못했지만 보차이 선생의 제자라 알고 있습니다."

리 군이 민의공회의 내력에 대해 묻자 중밍이 대답하였다. "저희 공회는 지난 주에 성립되었습니다. 만일 2, 3개월 전에 설립되었다면 지금은 이미 해산되었을지 모른다. 제 생각엔, 오늘날의 지나는 오직 혁명만이 있을 뿐이고 혁명만을 필요로 하며, 혁명을 하지 않을 수 없고 혁명을 하지 않으면 절대 안 됩니다. 만주의 역적, 만주의 노비는 꼭 죽여야 하며, 아주 깨끗이 죽여 털끝 하나 남겨서는 안 되는 게 바로 지나의 민의이고 우리 민의 공회의 강령입니다. 리형, 제가 작년 난징고등학당에서 몇몇 동학들을 모아 연설을 한 번 하려고 했는데, 노예의 노예인 무슨 총판인가 교사인가 하는 개자식에게 금지당하고 천부적 자유권을 빼앗겨버렸습니다. 이것이 가당한 일인가요? 그래서 사람들을 모아 세상을 놀라게 할 일을 하려고 반 학생들 모두가 퇴학을 했습니다. 이렇게 뛰쳐나와서 일본 유학까지 가게 되었죠. 그때 선배 학생 몇 분이 학교에 진학하려면 반드시 일본의 언어 문자와 상식을 공부해야 한다고 하더군요. 그들 말에 따르면 2, 3년이 지나야 학교에 들어갈 수 있고 학교에 들어간 후에 또 몇 년이 있어야 졸업할 수 있다고 합니다. '그때가 되면 우리 지나가 벌써 망하여 나를 기다려주겠는가' 하는 생각이 들었습니다. 그래서 이것저것 따지지 않고 3일 뒤 바로 와세다 대학 정치학과에 입학했습니다. 강의를 듣는데 잘 이해할 수 없어서 강의록을 구입해 보았는데 익히 아는 이치더군요. 그곳에서 보름을 머문 후 '지금 운동을 하지 않고 죽은 책은 공부해서 뭐하나'라는 생각이 들었습니다. 그래서 학교를 나와 간다(神田) 일대의 일본 여인숙에 가서, 거주하는 지나인을 보면 연설을 하며 사람들을 많이 모았죠. 그러나 책상 앞에서 공부만 하는 혈기 없는 노예가 대부분이었습니다. 저는 매일 그들을 욕하며 일깨웠습니다. 그런 뒤 도쿄 지역에서 혁명이나 파괴를 얘기하는 것은 모두 소용없는 일이며, 국내로 돌아와 운동을 하는 것이 좋겠다고 생각했죠. 그래서 몇 분의 주인공과 약속을 하고 용기를 내어 위험을 무릅쓰고 돌아와 상하이에 머물게 된 겁니다. 용감하기도 참 용감하고 험난하기도 참 험난하다. 마침 정 선생이 민의공회를 설립하려고 했는데 우리의 취지와 서로 맞아 입회를 하고 초대원이 된 것입니다." 중밍은 여기까지 얘기하고 나서 얼굴에 득의양양한 기색이 가득했다.

리 군은 그가 지나라는 말을 할 때마다 속으로 상당히 불쾌했다.

어떻게 이름은 주인을 따라야 한다는 이치도 이해하지 못하고 일본인을 따라 이 말을 써서 뭐하겠다는 건가? 계속 얘기를 들어보니 그의 고담준론은 흑선풍 이규조차 놀라게 할 정도라 한참 동안 한마디도 응대할 수 없었다.

중밍이 찻잔을 들어 목을 축이며 잠시 말을 멈추자 리 군이 물었다. "정 선생은 어떤 분이십니까?" 중밍이 대답했다. "그는 국민학당의 국어 교사입니다. 나이는 40여 세이고 아주 좋은 분입니다. 하지만 저는 그분의 어쩔 수 없는 노예 기질이 싫습니다. 항상 공부하라 하고 소란 피우지 말라고 하지요. 또 공자가 말한 '일에 임하여 신중히 하고 잘 계획하여 완성해야 한다.'는 구절을 좋아하는데 정말 짜증납니다."

리 군이 이야기를 듣고 고개를 끄덕이며 말했다. "그분을 만나보고 싶은데 저에게 소개시켜줄 수 있겠습니까?" 중밍이 말했다. "아주 잘 됐네요. 제가 이렇게 온 것은 두 분을 초청하기 위해섭니다. 내일 토요일에 상하이의 지사들이 장원에서 대회를 열고 러시아 대항정책을 논의하려고 합니다. 그리고 월요일 밤에 우리 민의 공회의 정기총회가 있습니다. 그대와 황 군을 초청하려고 하니 꼭 참여해주시기 바랍니다. 그때 정 선생과 만날 수 있을 겁니다." 리 군이 말했다. "내일 저는 틀림없이 가겠지만 황 군은 어찌될지 알 수 없습니다. 또 월요일 밤에 우리 두 사람은 상하이에 없습니다." 중밍이 말했다. "왜요?" 리 군이 말했다. "집안에 일이 있어 서둘러 돌아가야 합니다."

중밍이 말했다. "오랑캐도 아직 물리치지 않았는데 어찌 집을 생각한단 말입니까? 오늘 이런 시국에 나랏일을 하지 않고 집안일을 돌보다니요?" 리 군이 말했다. "다른 일이라면 그렇게 하겠습니다만, 어제 전보 한 통을 받았는데 황 군의 모친이 작고하고 부친의 병이 위중하다고 합니다. 지금 월요일 배를 기다려야 하는 처지입니다. 배가 있었다면 오늘 일찍 출발했을 겁니다."

중밍은 얘기를 듣고 크게 웃으며 말했다. "두 분도 어쩔 수 없이 노예기질을 지니고 있군요. 오늘날 혁명은 가정혁명에서 시작해야 합니다. 우리 친구들 사이에 유행하는 말이 있죠. '요, 순, 우, 탕, 문, 무, 주공, 공자 개자식!' 왜 이리 그들을 미워할까요? 그들이 만든 삼강오륜이 우리 지나인을 수천 년간 속박해왔기 때문이죠. 4억의 노예는 모두 그들이 만든 것입니다. 오늘날 우리가 이 올가미에서 벗어나지 않고서 무슨 일을 하겠습니까? 제가 유학을 한 것도 가정혁명에서 출발한 것이죠. 제게 좋은 친구가 있습니다. 유학생이면서 『부모필독』이란 책을 썼죠."

리 군이 여기까지 듣고 나서 자신도 모르게 화가 치밀어 정색하며 말했다. "중형, 이런 말 함부로 하면 안 됩니다. 『대학』에서 '중시해야 할 것을 소홀히 하고, 소홀히 해도 되는 것을 중시하는 이치는 없다'[2]고 했습니다. 자기 부모도 사랑하지 않으면서 4억 동포를 사랑하라고 하는 사람이 어디 있습니까? 다른 사람의 부모가

---

2) 『大學』, "其所厚者薄, 而其所薄者厚, 未之有也."

병으로 사경을 헤매는 상황에서 당신이 그 사람을 막고 가지 못하게 하는데, 이거 농담입니까 아니면 진담입니까?"

중밍도 얼굴이 빨개져 대답하지 못하다가 계면쩍어하며 말했다. "그렇게 된 거라면 형님께서는 바삐 돌아가지 않아도 되잖아요?" 리 군이 화를 내며 말했다. "그의 부친이 바로 나의 스승이십니다."

중밍이 리 군의 말을 듣고 나서 또 기이한 논리를 내세우며 말했다. "부모에 대해선 할 말이 없군요. 그러나 세상의 학문은 응당 세상이 공유해야 합니다. 자신의 학문을 다른 사람에게 전수하는 것은 본래 국민이 다해야 할 의무인데 사제 간에 무슨 은혜가 있겠습니까? 그대의 뜻에 따르면 삼강이 사강으로 변하고 오륜에 육륜을 첨가해야 하는 것 아닌가요?"

리 군은 중밍의 말에 화를 참을 수 없었으나 그와 논쟁하고 싶지 않았다. 마침 점원이 들어와 말했다. "아침이 준비되었습니다. 식사하세요." 중밍은 몸에 지닌 은시계를 들여다보고 말했다. "가겠습니다. 내일 꼭 참석해주세요." 리 군이 말했다. "정 선생께 안부 전해주세요. 내일 꼭 참석하겠습니다. 몇 시에 가면 되죠?" 중밍이 말했다. "12시입니다." 리 군이 "알았습니다."라고 대답하고 문까지 배웅한 후 고개를 숙이며 헤어졌다.

황 군은 눈을 붙이고 잠시 잠들었지만 꿈속에서 울며 깨어났다. 눈을 떠보니 날이 이미 밝아 서둘러 옷을 걸치고 일어났다. 대충 씻고 나니 아침시간이 되었다. 리 군이 손님을 보내고 오다가 식당에서 황 군을 보니 두 눈은 복숭아처럼 부어 있었다. 식사자리에서 천싱난은 따분한 말로 그를 위로했으나 리 군은 아무 말도 하지 않았다.

식사 후 리 군이 말했다. "어찌되었든 배를 기다려야 하는데 가만히 앉아 울고 있는 건 별 도움이 되지 않아요. 나가서 산책이나 하는 게 좋겠네요." 천싱난이 "그렇게 하는 게 좋겠소."라고 말하며 점원에게 마차를 부르게 하였다. 30분이 지나지 않아 점원이 마차를 타고 문 앞에 도착했다. 천싱난이 말했다. "나는 가게에 일이 있어서 같이 갈 수 없네."

리 군은 황 군을 끌고 힘없이 마차에 올랐다. 마부가 물었다. "어느 곳으로 모실까요?" 리 군이 말했다. "어느 공원이든 마음대로 가시죠." 마부가 차에 올라 스마루, 다마루, 왕쟈샤오를 거쳐 장원에 도착한 후 마차를 멈췄다.

두 사람은 본래 돌아다닐 생각이 없었으나 배를 탄 며칠 동안 운동한 시간이 매우 적어 풀밭에 가서 산책하는 게 좋을 것 같았다. 다행히 시간이 아직 일러 손님이 많지 않고 조용하였다. 리 군은 황 군이 너무 상심할까 걱정되어 다른 말로 그의 마음을 풀어주려고 방금 중밍을 만났던 얘기를 빠짐없이 해주었다. 얘기를 마친 후 한숨을 쉬자 황 군도 크게 탄식을 하며 말했다. "나무가 크면 마른 가지가 있기 마련이니 어쩔 수 없는 일이죠. 그러나 한두 명의 패륜아를 보고 전체를 욕하는 것은 옳지 않은 일이오. 자유 평등과 같이 체면을 세우는 말은 본래 사적으로 이용하기가 제일 좋아. 응석 부리는 어린아이는 집이나 학교에서 부모와 스승에게 속박을 받게 마련이지. 누구든 그걸 자유롭지 못하다고 느끼지만 명분 때문에 어떻게 할 수가 없지. 그런데 갑자기 여러 가지 새로운 이치를 듣고 글자를 보니 자신에게 매우 편리하게 이용할 수 있는데 누가 좋아하지 않겠나? 굴레를 벗은 말은 자연히 제멋대로 굴기 마련이오. 만일 근성이 바르고 진정으로 애국심이 있는 자라면 일이 년 더 성장하여 진중한 길로 돌아올 수 있을 걸세. 아우 생각은 어떤가?"

리 군이 말했다. "맞는 말씀입니다만, 예전에 탄스퉁이 한 말이 생각납니다. 중국에 두 개의 용광로가 있는데 하나는 베이징이고 다른 하나는 상하이인데, 어떤 영웅호걸이든 이곳에 들어오면 똑같이 용해된다고 하더군요. 갑자기 깨닫는다. 오늘날 상황을 보면 이 말이 조금도 틀리지 않습니다. 실제적인 일을 하려는 사람은 반드시 이 두 곳을 떠나야 합니다."

황 군이 말했다. "네 말은 참 어리석구나. 중국 전체가 하나의 용광로이고 그 동화력은 불가사의하여, 중국보다 더 야만적인 것을 동화시킬 뿐 아니라 중국보다 더 문명적인 것도 동화시킬 정도지. 그렇다고 우리가 동화될까 걱정되어 중국 땅조차 밟지 말아야 한단 말이냐? 지옥에 들어가는 수단이 없으면 중생을 구원할 수 없는 법이다. 하지만 지옥에서 생활할 때는 매번 신중해야 한다." 리 군이 듣고는 고개를 끄덕이며 "네" 하고 대답했다.

두 사람은 대화를 하면서 발걸음을 맞춰 걸었다. 한참 운동을 한 후 갈증이 나 공원 중앙에 있는 서양식 건물 안의 찻집에 들어가

차를 마셨다. 차를 마신지 15분도 채 되지 않았을 때 밖에서 덜컹거리는 소리가 나더니 마차 한 대가 건물 앞에 멈췄다. 밖을 내다보니 나이가 스무 살 정도 되어 보이는 풍모가 세련된 소년이 있었다. 온몸에 십자문양의 회색 털로 만든 서양식 평상복을 입고 조끼 중간에 금시계 줄이 늘어져 있었다. 금테 안경을 콧대 위에 걸쳤고 왼손 무명지에 작은 금반지를 끼고 흰 스카프를 들고 있었다. 오른손은 자태가 요염한 19세의 소녀를 부축하고 있었고 그 뒤로 촌티나는 예쁜 여종이 따르고 있었다. 건물 안으로 들어와 두 사람의 옆자리에 앉았다.

여종은 담배를 만들고 있었고 소년은 담배를 피우면서 생소한 상하이 말로 희희덕거리며 소녀에게 말했다. "샤오바오(小寶), 내일모래가 합격자 발표날인데 어떤 선물 줄 거야? 내가 널 위해 장원을 하면 좋겠지?"

샤오바오가 말했다. "무슨 진귀한 일이 있나요? 장원? 2등? 3등? 그게 무슨 쓸모가 있나요? 베이징의 황제가 그걸 가지고 당신들 공부하는 사람을 속이는 거예요. 흰 종이 위에 검은 글자 몇 마디 써놓은 걸 가지고 당신들은 진귀한 일로 여기며 무슨 급제니 하는 겁니다. 저라면 오늘날의 서태후가 당나라 측천무후처럼 재녀(才女) 선발을 위한 조서를 내려 나를 장원으로 뽑아준다 하더라도 무시해버릴 겁니다. 그런데도 당신들은 매일같이 무슨 급제 운운하며 누굴 속이시나요!"

소년이 말했다. "우리는 외국에서 유학하고 온 사람이라 당연히 만주정부의 공명을 무시하니 그런 말로 나를 욕하지 말게."

샤오바오가 웃으며 말했다. "어젯밤에 제게 말씀하지 않았나요? 다음 달 허난에 가서 향시를 보겠다고요. 그러면서 외국에서 문장을 배워 왔으니 두 가지 좋은 점을 더한 것이며, 내년에 꼭 장원을 하겠다고 했잖아요!"

소년은 얼굴이 빨개져 대답할 말을 찾고 있는데 서양식 건물 뒤쪽 계단으로 두 남자가 들어왔다. 또 그들을 따라 두 명의 하인이 손을 잡고 함께 들어왔다. 뒤에 여종 두 명이 담배를 들고 계단에 서서 얘기를 나누느라 아직 들어오지 않았다. 두 남자가 샤오바오에게 고개를 끄덕이자 소년이 재빨리 일어나 두 사람을 붙잡고 동석하도록 했다.

황 군과 리 군은 그 두 사람을 바라보았다. 한 사람은 세련된 진청색의 서양식 무늬가 있는 두루마기를 입고 검정색 융단 마고자를 걸쳤으며 손에는 콩알만 한 크기의 다이아몬드 반지 두 개를 끼고 있었다. 또 한 사람은 세련된 팥색 닝보 주단으로 만든 두루마기를 입고 위에 은색 융단 조끼를 입고 무테안경을 코에 걸치고 있었는데, 머리카락이 황색인데다 눈이 엷은 녹색인 것으로 보아 외국인 같기도 하고 아닌 것 같기도 했다. 두 사람의 나이는 40세 전후로 보였다.

소년은 어깨를 움츠리고 아첨하는 웃음을 지으며 마고자를 입은 사람에게 말했다. "나리, 어제 제 초청을 사양하여 마음이 너무 아팠습니다." 마고자 입은 사람이 말했다. "어제 마침 손님 접대할 일이 있었습니다. 우창에서 파견되어 유람 나온 옛 친구를 초청하느라 찾아뵙지 못한 겁니다. 정말 죄송합니다. 다음에 제가 초청하겠습니다." 소년은 또 조끼 입은 사람에게 성함을 묻자 그 사람이 "저는 성이 후이고, 집에서 열한 번째입니다." 서양 화교들은 중국인과 서양인 부모 사이에서 태어난 혼혈 자녀를 11점이라고 한다. 라고 대답하고는 소년의 이름을 묻지 않았다. 소년은 부득이 주머니에서 서양식 명함을 꺼내주었으나 그 사람은 자세히 살펴보지도 않고 아마 중국 글자를 읽지 못하는 것 같다. 아무렇게나 책상 위에 올려놓았다. 소년이 말을 건네려고 하는데 두 사람은 영어로 중얼중얼 몇 마디 주고받았다. 마고자 입은 사람이 조끼 입은 사람을 가리키며 소년에게 소개해주었다. "이분은 후십일 형으로, 뉴욕생명보험회사에서 회계를 담당하다가 지난주에 홍콩에서 상하이로 왔습니다." 소년이 두 손을 가슴에 올려 인사를 하고 "존함은 오래전부터 알고 있었습니다."라고 하며 계속 말을 걸어보려고 했으나, 두 사람이 또 영어로 말하여 소년은 한마디도 알아들을 수가 없었다. 게다가 하인들이 옆에서 입을 귀에 대고 속닥거리는데 무슨 말을 하는지 알 수 없었다. 소년은 매우 난감해하며 멍하니 앉아 있었다. 황 군과 리 군은 그 두 사람이 하는 영어가 말끝마다 '티에구'니 '야오시비'니 하는데 홍콩식 영어다. 화가 나기도 하고 우습기도 하였다. 더 이상 듣고 싶지 않아 찻값을 계산하고 나가려 했다. 이때 조끼 입은 사람이 말했다. "제가 알아봤는데 그쪽의 어떤 학생들이 간섭하려고 한답니다. 이 계약을 빨리 결정하는 게 좋을 것 같소." 마고자 입은 사람이 말했다. "위쪽만

확실하게 해놓는다면 학생들이야 뭐가 걱정이겠습니까?" 이 말을 소년은 모두 알아듣지 못했다. 리 군은 이 말에 연유가 있는 것이라 생각되어 황 군을 붙잡고 좀 더 앉아 들어보니, 미국인이 모 성(省)의 삼부(三府) 지역에서 광산업을 하려고 한다는 사실을 알 수 있었다. 이 성의 이름은 두 사람이 말하지 않았다. 보아하니 후 십일의 사장이 바로 이 사건의 담당자이고 마고자 입은 사람은 관리 사회 쪽에서 일을 중개하는 사람이었다.

두 사람의 대화가 흥미진진할 때 종업원이 다가오자 마고자 입은 사람이 먼저 찻값을 지불한 후 소년과 몇 마디 인사말을 주고 받다가 샤오바오와 잠시 희희덕거렸다. 소년이 다시 두 사람을 높이 치켜세워주었다. 두 사람은 소년에게 작별을 고하고 두 하인과 여종을 데리고 떠나버렸다.

소년은 그들이 문을 나서는 것을 멍하니 보고 있다가 고개를 돌려 비웃으며 말했다. "이런 썩을 놈의 서양 주구들!" 그대는 왜 일찍 말하지 않았는가, 그들의 신분을 모르고 있는지 알았네. 샤오바오는 소년의 말이 채 끝나기도 전에 "누구를 얘기하는 건가요? 그 사람들 매우 좋은 분인데, 상하이에서 매우 부자라 할 수 있고요." 소년은 말을 듣고 나서 저도 모르게 얼굴이 빨개졌다. 한참 있다가 계면쩍게 시계를 들여다 보며 말했다. "아! 벌써 4시가 다 되었네. 난징 제대(制臺)에서 파견한 천대인이 내 공관에서 중요한 일을 상의하자고 약속했는데, 잊어버릴 뻔했네. 돌아가는 게 좋겠지?" 샤오바오가 "네" 하고 대답했다. 담뱃대를 들고 있던 여종이 밖에 나갔다 돌아오자 세 사람이 함께 떠났다.

황 군과 리 군은 이런 광경을 보고 화만 가득 쌓여 매우 불쾌하였다. 기운이 빠진 채 가게로 돌아와 저녁 내내 아무 말도 하지 않았다. 다음 날 아침을 먹고 나서 11시 반경에 두 사람은 회의에 참여하기 위해 장원에 가려고 했다. 천싱난이 마차를 부르려 하자 두 사람이 말했다. "우리는 운동하는 게 습관이 되어 걷는 걸 제일 좋아합니다. 걸어서 가겠습니다." 천싱난은 그들의 뜻에 따랐다.

두 사람은 걸은 지 15분이 채 되지 않아 장원에 도착했다. 곧장 양옥으로 들어가 보니 중앙에 커다란 탁자 두 개를 붙여놓고 그 위에 작은 탁자를 올려놓았는데 이곳이 연설 단상인 듯했다. 그러나 실내가 썰렁하니 한 사람도 없었다. 두 사람은 한참을 앉아 있었지만 12시 15분이 다 되어도 마찬가지였다. 두 사람은 "무슨 변고가 생겨 오늘 회의가 취소된 게 아닐까?" 하고 추측하고 있는데 세 사람이 들어왔다. 그중 한 사람이 "내가 이르다고 했는데도 믿지 않더니. 밖에서 좀 돌아다니다가 다시 오는 게 좋겠어."라고 하자 나머지 두 사람도 "그렇게 하자."라고 말하며 함께 나가버렸다.

황 군과 리 군은 그곳에서 답답하게 기다렸다. 근 두 시가 되어서야 많은 사람들이 속속 도착하고 있었다. 후에 총 2, 3백 명이 모여 실내가 거의 만석이 되었다. 황 군과 리 군은 서쪽 모서리에 앉아 자세히 살펴보니, 중국 옷을 입은 사람도 있고 외국 옷을 입은 사람도 있었고, 변발을 자르고 두루마기와 마고자를 입은 사람도 있고 전신에 양복을 입고 변발을 늘어뜨린 사람도 있었고, 어제 만났던 중밍처럼 차려입은 사람도 있었다. 그 가운데 젊은 여성들도 많았는데 모두가 상하이의 평상복을 입은 소박한 차림으로, 발에는 서양식 구두를 신고 눈에는 금테안경을 끼고 2인치 정도의 앞머리가 눈썹을 거의 가리고 있었다. 황 군과 리 군은 지구를 거의 반 바퀴를 돌아다녔지만, 이날 기이한 모습을 보고 대관원에 처음 들어온 『홍루몽』의 류 할머니가 된 것 같았다.

사람들을 더 살펴보니 물 담뱃대를 든 사람도 있고 시가를 문 사람도 있고 궐련을 피우는 사람도 있었다. 양복을 입은 사람들 가운데는 모자를 쓴 사람이 많았다. 모두가 짝을 이루어 고담준론을 나누는데 실내가 온통 담배연기로 자욱하고 사람들 소리로 시끌벅적하였다. 한참을 지나 근 세 시가 다 되었을 때 양복을 입은 사람이 탁자 옆으로 가서 종을 흔들어대니 모두 조용해졌다. 그 사람은 탁자 오른편의 의자를 딛고 제일 위층의 탁자에 올라서서, 오늘 회의 소집 이유를 매우 조리 있게 설명하였다. 약 5분 정도 얘기하더니 끝에 "이번 일은 매우 중대한 사안이니 앉아계신 동포 여러분 누구든지 의견이 있으면 올라와서 연설하기 바랍니다."라고 말하며 고개를 끄덕인 뒤 한마디 더 하였다. "정보차이 선생께 연설을 청하고 싶은데 여러분 생각은 어떻습니까?" 모두가 일제히 박수치며 찬성하였다. 정 선생은 침착하고 여유 있게 강단에 올랐다. 처음엔 소리가 매우 낮았으나 서서히 연설을 진행해나갈수록 소리가 더욱 높아져갔다.

대략적인 연설 내용은 러시아인이 둥베이 3성에서 어떠한 만행을 벌였는지, 베이징 정부는 어떻게 러시아에 복종하는지, 나머지 열강이 어떻게 제국주의를 실행하며 간섭을 하는 것이 왜 중국을 위한 것이 아닌지, 러시아인이 둥베이 한 성을 얻은 것이 어떻게 분할정책의 서막이 되는지, 우리 4억 중국인이 과거에 얼마나 무지하고 산만했는지, 지금 어떻게 연합하여 반항해야 하는지 등의 문제였다. 거침없이 근 한 시간을 연설했는데 참으로 한마디 한마디가 격양되고 침통하였다.

황 군과 리 군은 연설을 듣고 나서 매우 탄복하였다. 그러나 좌중 가운데 가까이 앉은 사람들은 정숙했지만 멀리 떨어져 있는 사람들은 머리를 맞대고 소곤거리는 통에 연설을 희미하고 어지럽게 만들었다. 다행히 정 선생의 목소리가 매우 웅장하고 자주 음성을 높여 강조했기 때문에, 그런 사람들도 잠시 정숙해졌다. 그렇지만 더 심한 일은 사람들이 박수를 치는데 아무런 의미도 없이 내키는 대로 치는 것이었다. 멀리 떨어져 있는 사람들은 잡담에만 관심이 있고 연설을 듣지 않았다. 그들은 앞에 있는 사람들이 박수를 치면 따라서 필사적으로 박수를 쳤다. 마지막에는 거의 말 한마디에 박수 한 번 치더니 심지어 한마디가 끝나지 않았는데도 박수치기 시작하여 참으로 맹수가 으르렁거리고 천지가 무너지는 듯했다.

한담은 그만하고. 정 선생이 연설을 마친 후 연이어 몇 명이 올라와 연설을 하였다. 연설을 잘한 사람도 있고 못한 사람도 있으며, 20~30분 정도 헌 사람도 있고 너덧 마디 하고 내려간 사람도 있었다. 황 군과 리 군이 연설자의 수를 세고 있는데 네 명의 연설이 끝난 후 어제 만났던 중밍이 강단에 올라왔다. 리 군이 황 군의 귀에 대고 속삭였다. "저 사람이 중밍입니다." 황 군이 말했다. "그럼 들어봅시다."

중밍은 유리잔을 들고와 한 모금 마시더니 목청껏 소리쳤다. "오늘날의 지나는 오직 혁명만이 있을 뿐이고 혁명만을 필요로 하며, 혁명을 하지 않을 수 없고 혁명을 하지 않으면 절대 안 됩니다. 우리 4억 동포여, 빨리 혁명하러 갑시다, 혁명을 서두릅시다! 모두들 일어나 혁명을 합시다! 지금 혁명하지 않으면 언제 하겠습니까?" 그의 서두 몇 마디는 목소리가 자유 종을 울린 듯 쩌렁쩌렁 퍼져 모든 좌중을 놀라게 했으나, 네다섯 번째 마디에서는 목소리가 잦아들었다. 황 군과 리 군이 자세하게 들어보려고 했지만 연설을 더 하지 않았으며, 고개도 숙이지 않은 채 탁자 왼쪽 편으로 강단을 뛰어내렸다. 좌중이 크게 웃으면서도 박수를 쳐주었다. 이어 중국 복장을 입은 사람이 올라와 연설하려고 하는데 오른편 의자를 밟고 올라와야 한다는 사실을 잊어버려, 강단 앞 탁자 아래서부터 힘들게 기어오르려 했으나 실패하자 좌중이 또 박수를 치기 시작했다. 그 사람은 부끄러워하며 자기 자리로 돌아가 연설을 하지 않았다. 그 후 세 명이 연이어 연설을 했는데 모두 소리가 매우 작고 듣는 사람도 없었지만 박수 소리만은 끊이지 않았다.

황 군과 리 군은 무료하여 답답해하고 있는데 연설자가 또 바뀌었다. 그 사람은 말솜씨가 좋고 조리가 정연하여 정보차이를 제외하고는 연설을 잘한 편이었다. 자세히 살펴보니 다른 사람이 아니라 어제 샤오바오를 데리고 와 한참 앉아 있었던 그 소년이었다. 두 사람이 매우 놀라워하고 있는데 중밍이 정보차이를 모시고 여기저기 두리번거리다가 두 사람을 보더니 재빨리 다가왔다. 서로 나지막한 목소리로 반가움을 나눈 후 정보차이가 두 사람에게 연설을 청하였다. 본래 리 군은 오늘 지사들이 모인 자리에서 자신의 견해를 발표하려고 했으나 상황이 이런 지경인 것을 보고 일찍 단념하고 있었다. 그래서 정보차이에게 "오늘은 준비가 되지 않았습니다. 양해바랍니다."라고 대답하였다. 정보차이는 두세 번 더 권하다가 두 사람이 완강하게 사양하는 것을 보고 그들의 뜻에 따랐다. 이쪽에서 세 사람이 얘기하는 동안 저쪽 강단에서도 두세 사람이 더 바뀌었다. 이렇게 연설한 사람들을 합해보니 거의 20여 명이나 되었다. 황 군과 리 군은 정보차이, 중밍 이외에 이름을 아는 사람이 없었다. 시간이 이미 5시가 넘었고 좌중도 점점 태반이나 빠져나갔지만 정작 논의하려던 사안에 대해서는 조금의 결과도 얻지 못했다.

정보차이는 이러한 상황을 보고 부득이 강단에 다시 올라 민의공회의 취지를 설명하였다. "지난번에 각지의 실권자들에게 전보를 많이 보냈습니다만, 빈말은 아무 도움이 되지 않습니다. 지금 도쿄 유학생들이 조직한 의용군이 출발을 준비하고 있다고 합니다. 우리도 의용군을 조직하여 그들을 지원하고 이 소식을 전보로 도쿄에 알리려고 하는 데 찬성하십니까?" 대중이 듣고 나서 일제히 박수를 치며 말했다. "찬성, 찬성, 찬성, 찬성!" 정보차이가 강단에서 내려오자 맨 처음 연설했던 양복 입은 사람이 종을 흔들어 폐회를 알리는데 대중은 이미 소리를 지르며 흩어졌다. 떠나면서도 잊지 않고 박수를 치는데 매우 신난 듯하였다.

정보차이는 다시 한 번 황 군과 리 군을 찾아와서 응대하며 말했다. "여기는 얘기를 나누기가 좋지 않습니다. 오늘 밤 찾아뵙고 싶은데 두 분 시간이 괜찮으신지요?" 황 군이 말했다. "가게 안은 불편하니 우리가 선생님 계신 곳으로 가는 게 좋을 것 같습니다. 댁이 어디신가요?" 정 선생이 대답했다. "신마루 메이푸리 59호이고, 문패에 '샹탄 출신 정가의 집(湘潭鄭寓)'이라고 쓰여 있습니다. 오늘 밤 8시 반 이후에 집에서 기다리고 있겠습니다." 황 군과 리 군은 "네" 하고 대답하고 서로 헤어졌다.

정보차이는 이름이 외자 숑(雄)이고 후난 샹탄현 사람이다. 줄곧 송학을 강의하였으며 행동이 바르고 엄숙하였다. 예전에 후베이 무비학당에서 교사를 하던 시절 한 학생이 『시무보』 머리글인 「민권론」을 인용한 것을 보고 비평문을 달아 확실하게 반박했는데, 이로 인해 학당의 전 학생들이 그를 수구 귀신이라고 불렀다. 나중에 무술변법을 거친 후 이유는 모르겠지만 갑자기 사상이 크게 바뀌어 날마다 계속 격렬해졌다. 근 일이 년 동안 혁명에 온 심혈을 기울이고 있다. 전 중국에서 혁명을 입버릇처럼 말하는 사람은 적지 않으나 이들은 혁명을 맹신하는 것이고, 진정으로 혁명주의를 위해 충성을 다하는 사람으로 이 수구 귀신과 비견할 사람은 몇 되지 않을 것이다. 근래 상하이에 국민학당이 설립되자 그를 국학 교사로 초빙하였다.

한담은 그만하고. 그날 밤 황 군과 리 군은 식사를 마치고 잠시 쉰 후 8시 45분경에 함께 메이푸리로 가서 정보차이를 방문했는데 이미 그들을 한참 기다리고 있었다. 서로 인사를 한 후 정 선생이 입을 열었다. "그저께 천중팡의 편지를 받았는데 두 분의 뛰어난 재능과 학문, 열정과 성실함에 대해 얘기해주어 참으로 감명을 받았습니다. 본래 어제 찾아뵈려 했었는데, 요 이틀간 일이 매우 바빠 오늘 밤에서야 만나 뵐 수 있게 되었네요. 간절히 바라고 있었습니다." 두 사람은 몇 마디 겸사를 하며 말했다. "오늘 선생님의 고견을 듣고 참으로 탄복하였습니다." 정 선생도 겸사를 한마디 하며 물었다. "황 선생의 부친 총산 선생님이 편찮으시다는 말씀을 들었습니다. 선생님의 높으신 덕행은 오래전부터 들어왔습니다. 착한 사람은 하늘이 도와주실 터이니 빨리 회복하셔서 우리 조국을 위해 인재를 많이 키워주시길 바랍니다." 황 군이 듣고 나더니 자신도 모르게 눈시울이 붉어져 "이렇게 배려해주시니 대단히 감사합니다."라고 말했다. 정 선생도 그의 심사를 더 건드리는 게 불편하여 점점 정견으로 대화를 옮겼다.

정 선생이 말했다. "현재 시국이 매우 급박합니다. 두 분의 학문이 삼국을 통하고 자취가 오대양에 이르고 있으니 분명 특별히 깨달은 바가 많으실 겁니다. 가르침을 청합니다." 리 군이 말했다. "아끼 선생님이 연실한 말씀이 구구절절 세상을 구할 묘약입니다. 저희들의 의견도 마찬가지입니다." 정 선생이 말했다. "그건 모두 빈

말일 뿐입니다. 무슨 도움이 되겠습니까! 저는 지금 실천할 방법을 찾지 못해 매우 초조합니다." 리 군이 말했다. "선생님은 여기 요충 지역에서 오래 거주하여 경험이 매우 풍부하리라 생각됩니다. 선생님이 보시기에 최근 중국의 민간 풍조는 어떠합니까? 가까이에서 마음에 드는 훌륭한 인재를 많이 보셨을 것 같은데요."

정 선생이 한숨을 쉬며 말했다. "최근 일이 년간 풍조가 열리지 않았다고 할 수 없습니다만 연안 연해의 몇 지역만 그럴 뿐입니다. 내륙은 일 년 전이나 거의 차이가 없습니다. 연안 연해의 몇 성에는 신당 간판을 내건 세력이 적지 않지만 제 생각엔 국민 실력의 진보와 지식의 진보 정도가 서로 비례하지 않고 있으니, 이런 현상이 복이 될지 재앙이 될지 아직 모르겠습니다. 그리고 인재는 참으로 찾기가 힘듭니다. 여기서 매일 주먹을 불끈 쥐는 자는 백 십여 명 되지만 쓸 만한 사람은 몇 명에 불과합니다. 도쿄와 내륙 각 지역의 인물은 제가 몇 명 알고 있습니다. 두 분이 이 일에 관심을 가지고 있으니 제가 오늘 밤에 명단을 한 장 적어드리겠습니다."

황 군과 리 군은 듣고 나서 매우 탄복하여 함께 대답하였다. "너무 잘됐네요. 부탁드립니다." 황 군이 계속해서 물었다. "선생님처럼 덕망이 높으신 분이 이곳에서 풍조를 주도해나가시니 반드시 미래 중국의 빛이 될 겁니다. 선생님께 가르침을 청하려 합니다. 교육, 정치에 관한 선생님의 방책을 배울 수 있을지 모르겠네요?" 정 선생이 말했다. "제 생각엔, 오늘날 중국의 시국은 혁명의 거대한 관문을 거쳐야 합니다. 오늘날 정치는 혁명을 위한 준비를 하면

되고, 오늘날 교육은 혁명을 위한 인재를 양성하면 됩니다. 두 분께서 어떻게 생각하시나요?" 황 군이 말했다. "솔직하게 말씀드리겠습니다. 저도 예전에 그런 생각을 했었죠. 하지만 근래 들어 오늘날 중국에서는 혁명이 결코 실행될 수 없을 거라는 생각이 듭니다." 정 선생이 듣더니 놀람을 금치 못하며 급히 물었다. "왜 그렇죠?" 황 군이 대답했다. "이 문제는, 설명하자면 말이 길어집니다. 동생인 리 군도 저의 의견에 매우 반대하고 있죠. 예전에 우리는 대대적으로 논쟁을 한 적이 있습니다. 그때의 논쟁은 『신소설』 제2호에 실렸으니 선생님께서도 이미 읽으셨을 거라 생각됩니다. 최근 저는 더 많은 생각과 증거를 가지고 이를 책으로 쓰려고 하는데 그때 가르침을 주시기 바랍니다.

정 선생이 말했다. "오늘날 중국 혁명이 매우 어렵다는 점은 저도 알고 있습니다. 하지만 그 일이 어렵다고 하지 않을 수는 없습니다. 세상에 쉬운 일이 어디 있겠습니까? 이 문제는 매우 복잡한 것이니 만큼 아예 그대의 저서가 나온 뒤에 다시 논쟁해보도록 하죠. 그러나 저의 우견으로는, 혁명은 실행할 수 있는지 여부에 상관없이 항상 제창되어야 한다고 생각합니다. 왜 그럴까요? 첫째, 중국이 앞으로 어떤 길로 나가야 구원될 수 있을지 아무도 단정할 수 없기 때문입니다. 지금 많은 사람들을 일깨워 혁명을 준비하지 않는다면 기회가 오더라도 공연히 바라보기만 할 것이 아닙니까? 둘째, 나리의 민기를 진작시킬 수 있기만 해도 권력자들이 두려워하기 때문입니다. 파괴주의를 통해 평화적 개혁의 결과를 얻을 수 있다면 이 또한 좋은 일이죠. 두 분은 어떻게 생각하십니까?"

리 군이 듣더니 연이어 고개를 끄덕였다. 황 군이 말했다. "선생님의 말씀이 틀리지 않지만 제 의견은 다릅니다. 혁명을 할 수 있을 거라고 판단한다 해서 실제로 그것을 할 수 있다고 생각하십니까? 옛 말에 '일을 도모할 생각이 있는데 다른 사람이 그것을 알게 되면 위태롭다.'고 했습니다. 지금 하려는 일처럼 잘 파악하지도 못하면서 매일 기고만장하여 떠들고 다닌다면, 속어에서 말하는 '방울 달고 도둑질'하는 격이 아닙니까? 정부가 더 크게 의심하고 방비케 하여, 유학생도 파견하지 않고 학당도 설립하지 않는다면 무슨 이득이 있겠습니까? 항상 이론을 통해 민기를 진작시켜 향후 정치의 기반으로 삼으려 하지만, 평화적 방법이든 파괴적 방법이든 간에 민간에 실력이 있어야 그것이 가능하다고 생각합니다. 실력을 양성하는 일이 제일 어렵고 민기를 진작하는 일이 제일 쉽습니다. 만일 실력 양성이 이루어지고 시세와 실행해야 할 길을 자세히 살필 수 있다면, 그때 몇 개의 신문과 몇 차례의 연설을 통해 이삼 개월의 시간이면 어떠한 민기라도 모두 진작시킬 수 있을 겁니다. 지금처럼 매일 쓸데없이 파괴만 얘기하는 건 오히려 실력 양성에 많은 방해가 될 뿐입니다. 왜 그럴까요? 현재와 같은 시국에서 조금의 혈기가 있는 사람이라면 누구나 조급하여 속으로 늘 운동을 하려고 합니다. 운동이 잘 진행된다면 얼마나 좋겠습니까! 그러나 학문이 부족하여 의지할 바가 없다면 운동에 성과를 얻을 수 있을까요? 몇 개의 회당과 저항단체를 안다고 해서 무슨 일을 할 수 있을까요? 이삼 개월 운동을 하다가 어느 것도 길이 아니라고 생각하면, 이는 한 사람이 칠팔 명을 망쳐버리게 되는 것이니 사람을 쓸데없이 버리는 일이 아닙니까? 더욱 두려운 것은, 나이가 너무 어린 사람들은 혈기가 안정되지 않아 갑자기 매우 신기한 일을 들으면 기뻐하며 눈이 높아져, 후에 일반적이고 실제적인 학문을 들으면 납을 씹는 것처럼 느끼고, 배우기가 어렵고 시간이 오래 걸리는 걸 싫어하여 학당에 가는 것조차 하지 않으려 하고 학문조차 배우려 하지 않고 하고 큰소리만 번지르르 하게 지르고 세상을 깔보는 태도를 취한다는 겁니다. 사실 이러한 일시적인 의기는 얼마 못 가 사라지게 마련입니다. 이러한 사람이 많아진다면 결국 우리 국민의 실력이 양성될 날을 기약할 수 없게 되는 거죠. 선생님 그렇지 않습니까?"

정 선생은 말을 들으면서 속으로 생각했다. "과연 천중팡이 그처럼 탄복할 만하구나. 참으로 멀리 내다볼 줄 아는 탁견이다." 황 군이 말을 마친 후 정 선생은 잠시 중얼거리다가 대답했다. "그대의 고견은 정말로 세속적인 생각과 다르네요. 제가 지니던 맹신에 의문을 던져주는군요. 그대의 말을 오늘 밤에는 답변할 수 없을 듯합니다. 며칠 곰곰이 생각해본 후 편지를 통해 상의 드리겠습니다." 그 후 세 사람은 근래 중국의 여러 가지 사건, 외국의 정황에 대해 얘기하면서 매우 안타까워했으며, 얘기를 나눌수록 의기투합하기 시작했다. 황 군과 리 군이 시계를 들여다보니 벌써 11시가 넘어가게 점원들에게 폐를 끼칠까 염려되어 작별을 고하였다. 정 선생이 언제 고향으로 가는지 묻자 리 군이 "월요일"이라고 대답했다. 정 선생이 말했다. "제가 내일 항저우에 갈 일이 있으니 오늘 밤에 동지들의 명단을 적어 내일 보내드리겠습니다." 그러고 나서 서로 따스하게 악수한 뒤 헤어졌다.

잠시 부연설명할 일이 있다. 황 군과 리 군이 상하이에 도착한 이후 『소보』, 『중외일보』에서 이미 그 사실을 보도했고, 게다가 정보차이와 중밍이 두 사람을 만났으니, 신당 사람들이 그들을 모를 리가 없지 않은가? 왜 그동안 아무도 그들을 방문하지 않은 것인가? 본래 상하이에서는 8시가 되어야 날이 밝았다고 하니 오전에 사람들은 거의 집을 나서지 않고 모든 손님 접대도 오후나 저녁에 한다. 마침 토요일, 일요일 양일 오후에는 신당대회 기간이라 사람들이 매우 바빠 손님을 방문할 여유가 없는 것도 당연해 보인다. 토요일 대회에 대해선 이미 설명한 바이며, 일요일 대회는 무슨 일을 위해 개최한 것인가? 여러분 조급해 마시고 읽다 보면 자연히 알게 될 것이다.

다시 본론으로 돌아가자. 황 군과 리 군은 일요일까지 상하이에서 답답하게 배를 기다리고 있었다. 두 사람은 신문을 읽다가 또 편지 몇 통을 써서 각지에 보냈다. 점심을 먹고 나서 황 군의 외삼촌 천싱난이 말했다. "오늘 가게에 일이 없으니 너희들을 데리고 밖으로 놀러가마." 그러고 나서 점원에게 마차 한 대를 불러오게 하여 그걸 타고 밖으로 나갔다.

여러분 상하이에서 볼만한 곳이 어딘지 아시나요? 장원밖에 없습니다.

　세 사람이 장원에 도착하여 입구에 들어서자마자 깜짝 놀랐다. 장원 안에 마차가 족히 백여 대가 서 있었기 때문이다. 천성난이 말했다. "오늘 아직 이른 시간인데 왜 이렇게 많은 차들이 있는 거지?" 세 사람이 함께 서양식 건물에 들어가 보니 실내에 가득한 손님이 남녀 합해 수백 명이 넘어 어제보다 더 북적거렸다. 그야말로, 화장과 옷에 가려 여성이 초라해지고, 주옥에 취해 영웅이 사라지는 격이다.

　고개를 들어 보니 중앙에 현판이 하나 걸렸는데 생화를 쌓아 만든 것으로 위에 '품화회(品花會)'라는 글자가 쓰여 있다. 황 군과 리 군은 문득 그저께 보았던 소년의 말이 떠올라 분명 무슨 합격자를 발표하는 것임을 알았다. 자세히 보니 사람들의 복장 가운데 중식과 서양식도 있고, 반은 중식 반은 서양식도 있고, 중식도 아니고 서양식도 아닌 것도 있어서 어제 본 사람들과 마찬가지였다. 다행히 구두를 신고 안경을 낀 젊은 여성들은 한 명도 보이지 않았다. 더 자세히 살펴보니 대부분 낯이 익은 사람 같았다. 본래 어제 러시아 항의대회에 참석한 사람들이 오늘도 거의 왔던 것이다. 어제는 모두가 분노는 하늘을 찌르고 전사가 되어 사활을 걸더니, 오늘은 모두가 술 마시며 즐거워하고 미인은 장막에서 가무를 하고 있으니, 참으로 분노하기도 잘하고 편안하게 놀기도 잘한다. 여유 있고 의젓하여 일을 앞두고 급하거나 놀라는 기색이 전혀 없다. 두 사람은 이런 모습을 보고 매우 의심스럽고 이상하게 생각하였다.

여러분, 황 군과 리 군은 본래 마음속에 나라 근심과 가족 생각에 이미 우울한 상태였는데 이렇게 시끄럽고 혼잡한 상황을 어떻게 참을 수 있겠는가! 그래서 천싱난을 불러 함께 조용한 곳을 찾아 쉬려고 했다. 세 사람은 풀밭 뒤편의 작은 서양식 건물로 들어가 흔들의자에 앉아 고향 일에 대해 얘기하였다.

잠시 얘기를 나누고 있는데 그저께 보았던 마고자 입은 매판이 하인을 데리고 들어왔다. 본래 이 매판은 광둥 사람인데 천싱난과 잘 아는 사이로 친분도 좋은 편이었다. 들어오자마자 서로 인사를 나누었다. 천싱난이 웃으며 말했다. "자네, 오늘 이곳에 총재하러 온 건가?" 그 사람이 말했다. "내 아무리 할 일이 없어도 그런 일을 하겠는가! 이 모든 게 명사니 지사니 하는 사람이 공연히 소란 피우는 거야." 천싱난이 황 군과 리 군을 가리키며 이들의 이름과 경력을 자세히 소개하였다. 두 사람은 그저께 들었던 그 사람의 비밀스런 영어로 인해 속으로 매우 혐오했으나 천싱난의 체면을 보아 대충 인사를 건넸다. 이 사람의 성은 양(楊)이고 자는 즈루(子蘆)이며, 화아도승(華俄道勝)은행 매판으로 상하이에서 외국회사(洋行)에 근무하는 사람 가운데 1, 2위로 꼽히고 있었다.

양즈루는 두 사람이 영국에서 유학하고 왔다는 소리를 듣고 속으로 생각했다. '예전에 미국으로 유학 갔던 학생들이 지금은 시랑이나 흠차 대신이 되어 출세하고 있다. 이 두 사람도 장차 쓸모가 있을 테니 이 기회에 확실하게 관계를 맺어두자.' 마음을 정하고 영어로 두 사람에게 말을 건넸다. 두 사람은 그가 묻는 말에만 대답하고 더 말을 하지 않았으며 그것도 중국어로 대답하였다. 양즈루는 어쩔 수 없이 광둥어로 말할 수밖에 없었다. "우리 은행은 다른 곳과 달리 총판이 대러시아의 친왕으로 황제의 숙부인데, 이분이 바로 저의 직계 주인이지요. 우리 주인이 제일 좋아하는 사람이 중국인이라, 은화로 바꿔주는 수표를 많이 발행하여 도처에 보냈는데 베이징의 거물치고 그의 은혜를 받지 않은 사람이 없습니다. 황태후 슬하의 리궁궁(李公公)께서도 그의 도움을 많이 받았죠. 두 분께 솔직히 말씀드리죠. 위로 승진하려면 연줄을 잘 타야 한다는 걸 누가 모르겠습니까? 하지만 그 줄이 탄탄한지 여부는 각자의 안목에 달려 있죠. 두 분의 학문이 뛰어나다 하더라도 이러한 처세술에 있어서는 저보다 모르실 겁니다. 지금 관리사회에서 가장 잘 나가는 사람은 '양원영(洋園榮)'의 비법에 의지해야 출세영달을 이룰 수 있지요."

천싱난이 넋이 나간 사람처럼 듣고 있더니 말을 가로막고 물었다. "양원영이 뭐죠?"

양즈루가 대답했다. "제일 낮은 등급은 영중당[3] 그때 영록이 아직 죽지 않

---

3) *영은 청말 대신인 영록을 가리킴. 영록은 자희태후와 공친왕 등 청말 황실 실력자들의 신임을 얻어 공부상서, 서안장군, 총리아문대신, 병무상서 등의 요직을 두루 지냈다.

^{왔다.} 의 환심을 사야하고, 한 등급 더 높이려면 베이징의 큰 정원⁴⁾에 사는 리궁궁의 환심을 사야 하고, 더 등급을 높이려면 지체 높은 서양 대인⁵⁾과 친분을 맺어야 합니다. 그렇게 된다면 황태후라도 만날 수 있어서 그 아래 관료들이 고개를 숙일 겁니다. 이것을 바로 '양원영'이라고 하죠."

천싱난이 말했다. "내가 오늘 이렇게 지체 높은 양 대인과 친분을 맺고 있는데 어찌 황태후에게 좋은 자리 하나 부탁하지 않는 거요?"

양즈루가 정색하며 말했다. "놀리지 마세요." 또 황 군과 리 군에게 말했다. "오늘날 관리사회에서 고위 관직을 차지하고 있는 사람들은 모두가 이런 이치를 알고 있습니다. 그러나 서양 대인 가운데서도 사람을 잘 만나야 한다는 점을 알아야 합니다. 제일 좋은 사람이 일본 흠차 대신의 부인이고, 이보다 더 좋은 사람이 바로 저의 주인이죠. 그래서 난징에서 온 천 도대·리 도대, 후베이에서 온 황 도대·장 도대, 톈진에서 온 허 도대가 오늘 저와 의형제를 맺으려 하고 다음 달에 사돈 맺으려는 게 아닙니까?" 막 여기까지 얘기하고 있는데 그와 동반한 부인이 숨을 헐떡이며 들어와 소리쳤다. "급제자가 발표되었는데 당신이 장원급제 했어요!" 말을 마치기도 전에 한 무리의 사람들이 몰려 들어와 일제히 외쳤다. "장원께서

---

4) *원은 황태후의 측근인 리궁궁이 사는 베이징의 큰 정원의 원을 가리킴.
5) *양은 정부의 고위관료와 친분을 맺고 있는 서양 사람의 양을 가리킴.

여기 숨어 있었네. 우리가 『모란정』[6]의 곽 곱사가 될 뻔했군[7]. 한참을 찾지 못했으니 말이야. 우리에게 뭐로 보답할지 빨리 생각하게!" 양즈루가 사람들을 보니 아는 사람도 있고 모르는 사람도 있었다. 모두들 야단법석을 떨다가 몇 명이 그를 끌고 축하주를 하러 가자고 했다. 양즈루는 어쩔 수 없이 대화를 중단하고 "다음에 다시 얘기하죠."라고 말하며 그의 장원 부인과 사람들을 데리고 우르르 나갔다.

황 군과 리 군은 그의 얘기를 한참 듣다가 갈수록 화가 나고 있었다. 리 군의 분노가 터질 즈음 마침 감사하게도 그가 가버린 것이다. 그제서야 귀가가 조용해졌다. 잠시 앉아 있다가 마차를 타고 돌아왔다. 마차가 달려 황포탄 가에 도착했을 때 세 사람은 마차에서 내려 산보를 하였다. 천싱난이 두 사람을 일가춘(一家春)으로 데리고 가 푸짐하게 밥을 먹고 9시가 넘어서 가게로 돌아왔다. 지배인이 편지 한 통을 건네주었는데 정 선생이 두 사람에 보내는 것이

---

6) *중국 명(明)나라 때 탕현조(湯顯祖)가 지은 희곡. 남안 태수(南安太守)의 딸 두여랑(杜麗娘)은 꿈에 본 청년을 사모하다 죽고 마는데, 3년 후 그 청년이 낭자의 영혼의 속삭임을 듣고 그녀의 무덤을 파헤치니 마침내 그녀의 육체가 소생하여 두 사람은 행복하게 살았다는 이야기이다. 55막(幕)으로 되어 있으며 1598년에 발표하였다.

7) *곽 곱사는 『모란정』의 남자주인공 유몽매의 정원사이다. 유몽매가 두여낭의 혼백을 만나고 그를 환생시켜 임안으로 간 뒤에 과거에 급제하였는데, 두여낭의 부친이자 임안의 고관이 된 두보가 그를 딸의 시신을 훔쳐간 도굴범으로 여겨 체포한다. 곽 곱사는 사라진 유몽매를 찾으러 여기저기 다니다가 결국 두보의 집에 가서 찾게 된다.

었다. 편지를 뜯어보니 안쪽에 '중팡 편지(仲滂手簡)'라고 쓰여 있는 편지가 한 통 더 있었다. 급히 읽어보니 몇 글자 안 되는 짧은 편지였다.

이별 후 그리워 두 분이 꿈속에서도 나타납니다. 잠시 일이 생겨 급히 몽고로 갑니다. 이 지역 세력은 늑대 같은 러시아가 잡은 지 오래인데, 하늘이 이런 기회를 준 건 도모할 일이 있어서 그런 듯합니다. 조사 여하에 따라 계속 일을 해보려고 합니다. 정 선생님 및 애국지사, 지도자들과의 만남이 즐거웠으리라 생각됩니다. 중국 곳곳에서 나라를 위해 애쓰는 분들이니, 진솔하게 말씀 나눠도 무방하실 겁니다. 천명 올림.

리 군이 다 읽고 나서 중얼거리며 말했다. "갑자기 왜 몽고에 간 걸까? 그곳에서 도모할 일이 뭐지?" 그리고 나서 정 선생의 편지를 보는데, 구화당(九華堂)에서 만든 소화(素花) 종이에 쓴 짧은 편지와 일본의 안피지(雁皮紙)에 쓴 긴 편지가 있었다. 먼저 짧은 편지를 읽어보았다.

너무 총망한 대화여서 마음속의 만 분의 일도 토로하지 못했습니다. 그러나 솥 안의 고기 한 점이면 전부를 알 수 있듯이 저에게 큰 도움이 되었습니다. 중팡의 편지가 방금 도착하여 동봉해 보냅니다. 부탁하신 인재 명단은 따로 적었습니다. 인재가 드물어 통탄할 따름입니다. 견문이 부족하여 한계가 있지만 아는 바를 보내드리니 예비용 주머니로라도 쓰이길 바랍니다. 부친을 잘 모시고 다시 돌아오기를 바랍니다. 중국의 미래는 그대들에게 달려 있습니다. 항저우행으로 배웅할 수 없으나 마음만은 서로 통하니 일정이 다르더라도 그대들이 양해해주리라 믿습니다. 가시는 길 평안하기를 빕니다. 정쑹 드림.

다음으로 긴 편지를 읽어보니 사람 이름이 가득하였다.

저우랑(周讓): 후난 사람, 윈난(雲南) 지부. 불교학에 정통하고 탄스퉁이 가장 존경한 분으로 친구 겸 스승으로 삼을 만합니다. 침착하고 굳세어 큰일을 담당할 만합니다.

왕스장(王式章): 광둥 사람. 두 분께서 이 사람에 대해 잘 아실 테니 더 소개하지 않습니다.

훙완녠(洪萬年): 후난 사람. 역사 전문가. 시루(西路) 각 부현(府縣)에서 23개의 학당을 설립했습니다. 일처리가 조리 있고 주도면밀하여 견줄 만한 사람이 없습니다. 군사 업무에 관심이 많고 독자적인 전략이 있습니다.

장졘스(張兼士): 저장 사람. 이상주의자로 혁명을 신봉하고 『민족주의』 잡지의 글이 모두 그의 손에서 나왔습니다.

청즈후(程子穀): 푸젠(福建) 사람. 일본 사관학교 졸업. 현재 후베이 카이즈(愷字)영 영관이며 각고의 노력을 하는 진정한 군인입니다.

류녠치(劉念洪): 쟝수(江蘇) 사람. 일본 군사공업학교 졸업. 현재 상하이 제조국에 근무하고 있습니다.

웨이중칭(衛仲淸): 윈난(雲南) 사람. 지방 부호. 현재 고향에서 광산업에 종사하며 수하에 만여 명이 있습니다. 멀리 내다보는 식견과 큰 포부를 지니고 있습니다.

예이(葉倚): 저쟝 사람. 웨이중칭 아래서 일을 주모하고 계획하고 있습니다.

스투위안(司徒源): 광둥 사람. 화약 제조기술을 보유하고 있지만 사람은 평범합니다.

리팅뱌오(李廷彪): 광동 사람. 광시성의 흩어진 병사들의 수령. 최근 광시성의 난을 주동하였지만 지금은 가난하고 급박한 처지에 놓여 있습니다.

탕우(唐驚): 광둥 사람. 수년을 하루같이 병사모집과 회당운동에 고심하는 가장 열성적인 사람입니다. 침착하고 지혜가 뛰어나 제가 본 두 분의 동향인 가운데 가장 뛰어납니다.

마퉁산(馬同善): 허난 사람. 현재 어사(御史)로 임직하고 대학당 제조(提調)의 일을 맡고 있습니다. 베이징 정부 사대부 가운데 최고로 꼽힙니다.

쿵훙다오(孔弘道): 산둥 사람. 현재 일본 도쿄법과대학에 유학중이며 헌법 법리에 정통하고. 아주 진실한 사람입니다.

정즈치(鄭子奇): 후난 사람.

추이보웨(崔伯岳): 후난 사람.

장첸인(章千仞): 저쟝 사람.

샤다우(夏大武): 스촨 사람.

링샤오(凌霄): 즈리 사람.

린즈이(林志伊): 푸졘 사람.

후이한(胡翼漢): 즈리 사람. 이상 일곱 명은 모두 일본 사관학교 유학 중입니다.

왕지(王濟): 스촨 사람. 순무의 아들. 용맹하고 의협심이 강하여 일을 책임지고 합니다.

루쉐즈(盧學智): 쟝시(江西) 사람. 지방에서 소학당을 개척하여 세력이 상당합니다. 송학에 정통하고 실천을 중시하는 군자입니다.

자오숭(趙松): 후베이 사람. 문학가. 운동가.

그 외 세 분의 여사:

왕돤윈(王端雲): 광둥 사람. 담략, 혈기, 학술이 모두 뛰어나고 현재 유럽으로 가서 스위스에서 유학할 예정입니다.

예원(葉文): 광둥 사람. 미국 유학을 마치고 귀국하여 교육가로 활약하고 있습니다.

순무란(孫木蘭): 저쟝 사람. 현재 베이징 모 친왕 저택에서 급사(給事)의 일을 맡고 있습니다.

그 외에 구미 유학생 여러 명이 있지만 이미 두 분이 알고 계실 거라 생각되어 반복 서술하지 않겠습니다. 이상은 기억나는 대로 한

두 마디 적어놓은 것으로 대단히 부족합니다.

 황 군과 리 군은 명단을 보니 이름을 들어본 사람도 있고 아직 들어보지 않은 사람도 있었다. 두 사람은 명단의 이름을 깊이 새긴 뒤 편지를 일기장 안에 끼워 넣었다. 그리고 잠시 앉은 후 잠자리에 들었다. 이튿날 일찍 일어나 간단히 짐을 정리하고 천싱난과 작별을 고하고 프랑스회사의 배를 타고 광둥으로 향했다.

 다행히 풍랑이 없어 목요일 아침에 홍콩에 도착하게 되었다. 마침 그날 오후 총저우로 가는 배가 있어 두 사람은 짐을 여인숙에 옮겨 점심식사를 한 후 배를 타려고 했다. 아직 몇 시간이 남아 두 사람은 여인숙에서 나와 산책을 하였다. 막 태평산[8]에 이르렀을 때 거리에 있는 사람 모두가 흩어져 달아나고 있었다. 멀리서 바라보니 병선(兵船) 선원으로 보이는 한 외국인이 중국인을 붙잡고 호되게 때리고 있었다. 리 군이 이를 보고 마음속의 불같은 분노를 참지 못하여 정황을 살피지도 않은 채 앞으로 달려갔다.

 여기서 '푸른 눈의 외국인이 우리 법률가를 알게 되고, 백면서생이 비밀결사에 투신하다'는 이야기로 나누어진다.

 다음 이야기가 어떻게 될지 알고 싶으면 다음 회를 보시라.[9]

---

8) *빅토리아 파크가 위치한 홍콩을 상징하는 산.
9) *하지만 『신중국미래기』는 이번 회에서 연재가 중단되어 미완의 아쉬움을 남긴다.

해제

량치차오의 중국몽과 『신중국미래기』

이종민

1. 중국몽

시진핑시대 들어 주요한 정치 목표로 부각되고 있는 것이 중화민족의 위대한 부흥을 추구하는 중국몽과 문명화된 법치국가를 구현하는 의법치국(依法治國)의 길이다. 중화민족의 위대한 부흥과 의법치국의 아젠다가 공식 제기된 것은 개혁개방 이후 빠른 경제성장을 통해 잃어버린 자신감을 회복하기 시작한 1997년 15차 당대회 전후의 일이다.[1] 하지만 그 당시에는 시진핑시대처럼 '국가의 부강과 민족의 부흥 그리고 인민의 행복'을 완성하는 중국몽은 언급하지 않았으며, 또한 의법치국이 중국의 새로운 질서로 자리 잡은 소위 '신상태(新常態, New normal)'[2] 시대로 진입하지 못하였다.

---

1) 조영남,『중국의 꿈』, 민음사, 2013, 7쪽.
2) 시진핑이 신상태 시대 잔입과 함께 전면적인 개혁을 지속하겠다고 밝히면서 중국 안팎의 언론들은 2015년은 신상태 시내에 본격 진입하는 원년이 될 것이라고 분석하고 있다. 신상태는 본래 저성장시대를 뜻하던 말이었는데 시진핑이 중고속성장 시대라는 의미로 사용하면서 이후 경제뿐만 아니라 정치 사회 문화 등 각

이 과제들은 시진핑시대에 이르러 비로소 실현 가능성을 지니게 되었다고 해야 할 것이다.

정치 목표의 차원에서 볼 때 근대 문명국가 건설의 꿈을 입헌운동과 연결지어 사유하기 시작한 것은 만청시기이며 그 대표적 인물이 량치차오라고 할 수 있다. 당대 중국의 개혁방향이 량치차오가 추구한 중국몽과 역사적 연계성을 지니게 되면서 최근 량치차오에 대한 관심이 사상적 입장 차이를 넘어 폭넓게 이루어지고 있다. 가령 2008년 류샤오보 등 303인이 발표한 「08헌장」은 "자유·평등·인권은 인류 공동의 가치이고, 민주·공화·헌정은 현대 기본 정체제도의 틀"이라고 주장하는데, 이는 민국시기 공화주의 혁명으로 대체 소멸된 청말 입헌주의 운동의 역사를 재평가하려는 흐름 속에서 진행된 것이다.[3] 또 21세기 중국이 서구적 민족국가에서 문명국가 건설로 전환해나가야 한다고 주장한 간양은 량치차오가 제기한 역사적 연속성을 지니는 거대한 중화문명[國性] 개념에 기반하여 문명대국으로서 미래 중국의 비전과 그 정치체제를 구상하고 있다.[4] 이러한 맥락에서 볼 때 중국 정부의 정치 목표뿐만 아니라 사상계의 다양한 개혁방향도 량치차오의 중국몽과 직간

영역에서 쓰이고 있으며, 시진핑 체제 중국의 새로운 질서 및 시대정신이라는 뜻을 포함한다고 할 것이다.

3) 만청시기 입헌운동에 대한 재평가에 대해서는 신우철, 「근대 입헌주의 성립사 연구-청말 입헌운동을 중심으로」, 『법사학연구』 제35호, 2007. 참고.

4) 甘陽, 「導論:從"民族-國家"走向"文明-國家"」, 『文明·國家·大學』, 北京:三聯書店, 2012.

접적으로 연계되어 있다 해도 무방할 것이다.

『신중국미래기』는 미래 신중국에 대한 구상과 만청시기 중국 현실에 대한 고뇌가 잘 표출된 미완의 정치소설로서, 량치차오의 중국몽을 살펴보기 위해 반드시 독해해야 할 텍스트라고 생각된다. 『신중국미래기』는 서언과 5회의 소설로 구성되어 있는데, 1902년 11월 14일 『신소설(新小說)』 제1호에 처음으로 실렸으며, 1902년 12월 14일에 발간된 제2호, 1903년 1월 13일에 발간된 제3호, 그리고 1903년 9월 6일 발간된 제7호에 연재되었다가 1936년 『음빙실합집·전집(飮氷室合集·專集)』에 수록되었다.[5] 미국의 저명한 중국현대문학 연구자 리오우판은 19세기 초기 라틴아메리카 국가들에서는 민족국가 건설 과정에서 핵심 역할을 수행한 인물에 관한 소설이 창작되어 건국신화처럼 수용되었는데, 중국에서는 이러한 낭만적인 건국소설이 없지만 량치차오의 『신중국미래기』가 이에 근접한 작품이라고 평가한 바 있다.[6] 리오우판은 중국현대문학사의 관점에서 『신중국미래기』가 지니는 건국소설적인 의미를 부각시키고 있지만 이에 대한 구체적인 텍스트 분석이 없어서 선언적인 평가

---

5) 본 논문은 1936년 중화서국에서 출판한 『飮氷室合集·專集』 89권에 실린 내용과, 2008년 廣西師範大學出版社에서 출판된 『新中國未來記』를 저본으로 한다. 1936년 林志鈞이 편집한 『飮氷室合集·專集』에는 제4회까지 수록되어 있고 1960년 阿英이 편찬한 『晚淸小說叢鈔·小說』부터 제5회가 포함되어 있다. 제5회의 작가가 누구인지에 대해 徐立新과 夏曉虹 간의 논쟁이 있지만 본 논문에서는 제5회를 『新中國未來記』에 포함한 텍스트를 분석대상으로 할 것이다.

6) 李歐梵, 『中國現代文學與現代性十講』, 復旦大學出版社, 2002, 10쪽.

에 그칠 따름이다. 신중국 서사와 연계하여『신중국미래기』를 해석하기 시작한 것은 중국이 급부상한 21세기 이후의 일이며, 그 이전 중국 학계에서는 주로 개량/혁명의 분석틀 속에서 개량주의 사상의 텍스트로 해석하거나 20세기 문학사적 차원에서 작품의 문학성은 떨어지지만 새로운 문체 변화를 일으킨 '정치'소설로 평가하는 경향이 지배적이었다.[7]

한국 학계 역시 문학 비평적 차원에서『신중국미래기』에 대한 단편적인 논의[8]가 있었을 뿐 신중국 서사와 관련지어 텍스트를 분석하는 글은 미흡한 실정이다. 본 논문에서는『신중국미래기』에 대한 기존의 평가 경향에서 벗어나 텍스트 자체에 대한 종합적인 해석을 시도하고 나아가 량치차오의 신중국 서사에 내재한 문화정치적 의미가 무엇인지 살펴보려고 한다. 이러한 분석을 통해 시진핑시대 중국몽의 의미에 대해 다각적으로 고찰하는 길을 열어나갈 수 있을 것이라 생각된다.

---

7) 중국 학계의『新中國未來記』연구경향에 대해서는 王玉玲,「急進與保守之間:梁啓超『新中國未來記』研究」, 鄭州大學 碩士學位論文, 2012. 5. 2~4쪽 참고.

8) 국내의『新中國未來記』관련 논문으로 남민주「청말의 정치사상과 미래소설」,『국어문론역총간』제6집, 2000. 오순방「비소설가의 소설개혁운동: 양계초와 임서를 중심으로」,『중국어문논역총간』제12집, 2004. 이현복「청말 양계초 소설에서의 문학적 상상과 의미-『新中國未來記』를 중심으로」,『중국학논총』제43집, 2013. 참고.

2. 미래 신중국

1902년, 무술변법이 실패한 후 망명지인 일본에서 절치부심하던 량치차오는 중국의 미래를 위한 두 가지 저작을 저술하기 시작한다. 하나는 입헌국가가 된 중국의 미래를 상상하는 정치소설『신중국미래기』이고, 다른 하나는 입헌국가 건설의 주체로서 신민(新民)이 구비해야 할 자격을 논한『신민설(新民説)』이다. 두 저작 모두 현실 중국에서 부재한 입헌국가와 신민의 문제를 제기하고 있다는 점에서 지금 여기가 아닌 미래 중국을 꿈꾸는 기획이라고 할 수 있다. 먼저 제1회 설자(楔子)의 앞부분을 읽어보자.

이야기는 공자 탄생 후 2513년 금년2453년째 해인 서기 2062년 금년2002년 임인(壬寅)년 정월 초하루에서 시작하는데, 바로 중국 전 인민이 유신(維新) 50주년 대축제를 거행하는 날이었다. 또 세계평화회의가 새로 개최되고 있었으며 각국 전권대신(全權大臣)들은 난징에서 주의 이미 평화조약에 서명한 상태였다. 하지만 세계평화협정 전문 가운데 우리나라 정부 및 각국 대표가 제기한 수십 건이 아직 협의를 보지 못하여 각국 전권대신들은 여전히 중국에 머물러 공무를 처리하고 있었다. 우리가 축제를 거행하고 있는 터라 각 우방국에서는 군함을 보내 경축을 하고 영국 국왕과 왕비, 일본 국왕과 왕비, 러시아 대통령과 영부인 주의, 필리핀 대통령과 영부인 주의, 헝가리 대통령과 영부인 주의 은 친히 와서 축하를 하였고 그 외 열강국에서도 모두 중요한 흠차 대신을 파견해 경축의 뜻을 전하였다.

이들은 모두 난징에 모여 있어서 난징은 매우 분주하고 시끌벅적하였다. 당시 우리 국민은 상하이에서 규모가 성대한 박람회 개최를 결정하였다. 이는 결코 평범한 박람회가 아니어서 상업, 공예품 전시회뿐만 아니라 각종 학문, 종교에 관한 국제 토론회도 열리고 있었다. 대동세계라 할 수 있다. 각국의 대가와 박사들이 천 명을 상회하였고 각국 대학생들은 수만 명이 넘었다. 곳곳에 연설 강단이 설치되었고 매일 강론회가 열려 쟝베이, 우쑹커우, 충밍현까지 포함한 대상하이를 온통 박람회장으로 만들어버렸다. 넓다 넓네.[9)]

이 장면은 2010년에 개최된 상하이엑스포 전후의 중국 상황을 묘사하고 있다 해도 무방할 정도로 미래 중국의 모습을 정확하게 예언하고 있다. 그러나 1902년 당시 중국이 제국주의에 의한 망국 망종의 위기에 처해 있었고 또 이러한 위기를 극복할 실천 주체가 형성되지 않은 혼란의 시기였다는 점을 감안하면 미래 중국에 대한 상상과 현실 사이의 거대한 간극을 느낄 수 있을 것이다. 시간적으로 볼 때 량치차오가 상상하는 신중국의 미래는 공자 탄생 후 2513년째 되는 해이다. 공자가 태어난 해를 통상 BC 551년이라고 본다면 이 해는 서기 1962년이 되는 셈이다. 그런데 량치차오는 이 해를 1962년이 아닌 2062년이라 하고, 이 소설을 쓰고 있는 금년을 1902년이 아닌 2002년이라고 하여 100년의 격차를 보이고 있

9) 梁啓超, 『新中國未來記』, 廣西師範大學出版社, 2008, 11~12쪽.

다. 이것을 먼 미래의 일이라는 점을 부각하려는 량치차오의 '의도된 착각'[10]이라고 간주한다면, 이 소설의 이야기는 금년인 1902년에서 60년이 지난 1962년 사이의 일이라고 해야 할 것이다.

『신중국미래기』는 서기 1962년 유신(입헌국가 건립) 50주년 대축제를 거행하는 장면에서 시작한다. 마침 세계평화회의가 중국에서 개최되어 각국의 대표들이 머물러 있을 뿐 아니라 우방국에서 군함을 보내어 축하 인사를 하고 영국 국왕과 왕비, 일본 국왕과 왕비, 러시아 대통령과 영부인, 필리핀 대통령과 영부인, 헝가리 대통령과 영부인은 친히 와서 축하를 보내고 있다. 또한 상하이에서는 박람회가 개최되어 공산품 전시회와 아울러 학문 종교에 관한 국제학술행사가 열려 전 세계의 수많은 석학들과 대학생들이 참여하고 있다. 그 가운데 가장 인기 있는 행사는 공자 후손인 쿵훙다오(孔弘道)의 '중국근육십년사' 강연이며, 영국 미국 독일 프랑스 러시아 일본 필리핀 인도 등에서 온 외국인도 이 강연을 들으러 왔는

---

10) 시간 문제와 관련하여 한 가지 더 생각해볼 점은, 공자 탄생 후의 시간으로 표시한 연도인 금년 2453년째의 해(BC 551년+1902년), 미래 신중국 2513년째의 해는 정확히 서기 1902년과 60년 후인 1962년에 해당하는데 반해, 서기로 표시한 연도인 금년 2002년, 미래 신중국 2062년은 본래 시간보다 100년 후의 시간으로 설정되어 있다. 즉 공자 탄생 후 연도와 서기 연도 사이에 100년의 간극이 있다는 것이다. 표면적으로 볼 때 동일한 시점을 중국과 서양의 두 가지 시간 개념으로 표현한 것은 동서양의 역사가 하나의 시점으로 융합되어 있다는 점을 드러내기 위한 서사장치다. 그런데 이와 달리 두 연도 사이에 존재하는 100년의 시간 차이가 어떠한 '의도적 착각'에서 비롯된 일인지에 대해선 생각해볼 필요가 있을 것이다.

데, 이들은 중국이 유신을 실시한 이후 각종 학술이 급속히 발달하여 각국에서 파견한 유학생 출신들이어서 모두 중국어를 알아들을 수 있었다.

쿵훙다오는 어린 시절 서구로 유학하여 신학문을 공부한 후 민간의 애국지사들과 유신운동을 성공리에 이끈 장본인이자 산증인으로서, 『신중국미래기』는 쿵훙다오가 유신 50주년 대축제를 거행하는 신중국의 현재에서 유신운동에 투신한 60년 전의 과거의 일을 회상하는 방식으로 이야기를 전개한다.[11] 제2회부터 쿵훙다오는 직접 화자로 등장하여 상하이 박람회 학술강연회에서 '중국근육십년사'라는 주제로 강연을 하는데, 중국이 입헌국가가 되어 세계 대국으로 부상하는 과정을 여섯 개의 시기로 나누고 있다. 1. 예비입헌(豫備)시기: 연합군에 의한 베이징 함락에서 광둥 자치 실시까지, 2. 분치(分治)시기: 남방 각성의 자치 실시에서 전국 국회 개설까지, 3. 통일시기: 제1대 대통령 뤄자이톈(羅在田) 부임에서 제2대 대통령 황커챵(黃克强) 임기까지, 4. 국부축적(殖産)시기: 제3대 대통령 황커챵 연임에서 제5대 대통령 천파야오(陳法堯) 임기까지,

---

11) '서두 장면제시'로의 시작은 스에히로 뎃초의 정치소설 『雪中梅』를 모방한 것이다. 『雪中梅』의 서두는 명치 173년(서기 2040년) 10월 3일 도쿄의 국회 154주년의 경축 장면을 묘사하고, 신문과 잘려진 비석에서 "그 당시의 인정과 명치 23년의 정치사회의 경황"을 뽑아 기록하고 나서, 나서 國野基의 이야기에 대한 서술로 넘어간다. 이런 수법이 량치차오에게 영향을 미쳤고 이것이 바로 『신중국미래기』 제1회 설자의 직접적인 모델이 되었다. 陳平原, 『중국소설서사학』, 살림, 1994, 71쪽 참고.

5. 대외경쟁(外競)시기: 중국·러시아 전쟁에서 아시아 각국 동맹 성립까지, 6. 비약(雄飛)시기: 헝가리회의에서 지금까지.[12]

　쿵훙다오가 강연한 신중국 건설 과정을 국가발전계획의 차원에서 살펴보면 다음과 같을 것이다. 먼저 10년간의 예비입헌시기를 거쳐 1912년에 유신(입헌국가)의 단계에 진입한다. 여기서 입헌국가는 각성된 국민들의 선거를 통해 선발된 의원들이 헌법에 따라 정치를 하는 법치국가를 뜻한다. 또 지역에 따라 국민의 정치능력이 다르기 때문에 남방의 각성에서 우선적으로 자치를 실시하고 점차 전 지역으로 확산하여 전국 국회를 개설하는 방식을 통해 입헌국가를 건설한다. 기본적으로 아래로부터의 자치에서 시작하지만, 국가체제의 차원에서 볼 때 독립된 각성들이 연합한 연성자치보다 지방자치를 바탕으로 한 중앙집권적 대통령제를 추구한다. 헌법에 기초한 중앙집권국가의 건설을 목표로 하며 방법론상에서 지방자치에 기반한 분치에서 전국 국회 개설을 통한 통일의 단계로 나아간다. 자주적이고 통일된 입헌국가를 건설한 후 국가 주도의 산업진흥을 통해 경제성장을 이룩하고, 대외적으로 국가경쟁력을 강화하여 아시아 동맹을 결성하고 나아가 세계평화를 구현하는 중심국가로 도약한다.

　『신중국미래기』에서 량치차오가 예언한 세계는 국가비전의 면에서 볼 때 G2로 도약한 최근 중국의 모습과 상당히 닮아 있다. 하지

---

12) 梁啓超, 앞의 책, 20쪽.

만 소설 속의 신중국 건설 과정을 실제 역사와 비교해본다면 서로
차이가 있다는 점을 발견할 수 있을 것이다. 현실 중국이 세계대국
으로 승인된 것은 1962년에서 50년이 더 지난 뒤의 일이고 1902년
의 시점에서 보면 한 세기 이상의 시간이 필요했다. 또 현실 중국이
세계대국으로 발전하는 과정은 량치차오의 상상과는 다른 방식이
었다. 량치차오는 점진적인 정치개혁을 통해 입헌공화국으로 발
전하는 길을 상상했지만 현실 중국은 신해혁명을 통해 중화민국
을 건설했고 사회주의 혁명을 통해 중화인민공화국을 건설했으며,
세계대국이 되는 과정도 입헌공화국 건설을 위한 정치개혁이 아니
라 개혁개방을 통한 경제발전이 주요 동력으로 작용하였다. 즉 개
혁이 아니라 혁명을 통해 주권국가를 건설했고 정치발전이 아니라
경제발전을 통해 세계대국으로 부흥한 것이었다. 실제 역사와 『신
중국미래기』의 신중국 사이에 이러한 차이가 있기는 하지만 현재
중국의 모습은 량치차오의 중국몽이 실현되는 과정에 있다 해도
과언이 아닐 것이다.

3. 정치 체제

쿵훙다오는 미래 신중국을 건설하는 과정에서 핵심적인 역할을
수행한 일로 인민의 애국심, 애국지사들의 백절불굴의 투지, 예전
황제가 인민에게 권력을 이양한 세 가지 사건[13]을 꼽으며, 그 가운

---

13) 梁啓超, 앞의 책, 18쪽.

데 애국지사들이 헌정당을 결성하여 분투한 일을 중심으로 '중국 근육십년사'의 이야기를 전개한다. 헌정당은 '입헌기성동맹당(立憲 旣成同盟黨)'의 약칭으로 당시 난립해 있던 보황파, 혁명파의 각종 정치 단체와 가로회, 삼합회, 삼정회 등의 비밀결사를 통합하고 모든 단체의 주요 인물들을 망라하여 조직된, 헌정당 이전의 모든 정치 세력들의 총결이라고 할 만한 정당이다. 그리고 유신 이후 결성된 신중국의 3대 정당인 국권당, 애국자치당, 자유당은 모두 헌정당 출신이 조직한 것이며 그 정당의 정치 목표인 중앙정부의 권력, 지방자치의 권리, 민간 개개인의 행복은 헌정당의 이념이 분화된 것으로 헌정당이 모든 정당의 효시라고 할 수 있다[14].

쿵훙다오는 당의 강령 가운데 가장 중요한 조목을 뽑아 청중들에게 암송해주는데 헌정당의 정치사상적 지향성과 관련하여 주목할 구절이 아래의 조목이다.

제3절: 우리 당은 전 국민이 향유해야 할 권리를 옹호하고 전국의 평화와 완전한 헌법 취득을 목표로 한다. 헌법은 군주제, 민주제, 연방제를 막론하고 국민의 뜻에서 나오고 국민의 공론을 통해 이루어진다면 완전한 헌법으로 인정한다.

제4절: 우리 당은 이러한 목표를 갖고 전진하되 후퇴하지 않으며, 목표를 달성할 때까지 중단하지 않는다. 그러나 부득이한 때

---

14) 梁啓超, 앞의 책, 21~22쪽.

가 아니라면 절대 급진적이고 과격한 수단을 경솔하게 취하지 않는다.[15]

제3절은 당의 목표인 헌법이 군주제, 민주제, 연방제 등의 정치 체제의 차이를 넘어 국민의 뜻과 공론을 통해 이루어져야 완전한 헌법으로 인정될 수 있다고 명시한다. 이것은 국민의 뜻과 공론이 헌법을 결정하는 최상의 기준이며 정치체제는 이러한 헌법의 기초 하에서 국민의 정치적 판단과 실정에 따라 다양하게 선택될 가능성이 있음을 시사한다. 정치체제의 변화에 관해 논한 「論君政民政相嬗之理」(1897)에서 량치차오는 "천하를 통치하는 방식에 따라 삼세(三世)가 있다. 첫 번째가 다군정(多君政)시대, 두 번째가 군정(君政)시대, 세 번째가 민정(民政)시대이다. 다군정시대에는 추장시대, 봉건 및 세경의 시대가 있고, 군정 시대에는 군주시대와 군민공주(君民共主)의 시대가 있고, 민정시대에는 총통이 있는 시대와 총통이 없는 시대가 있다. 다군은 거란세의 정치이고, 일군은 승평세의 정치이며, 민은 태평세의 정치이다."[16]라고 주장한 바 있다. 량치차오의 시각은 삼세설과 진화론이 결합하여 정치체제가 시간에 따라 단계적으로 변화하는 특징을 지니고 있는데, 현재 중국은 군정의 시대로 군주제에서 군민공주제로 진화하는 단계에 있으며, 민정(민주제)은 현재가 아닌 미래의 과제로 설정된다. 1899년 일본

---

15) 梁啓超, 앞의 책, 24쪽.
16) 梁啓超, 「論君政民政相嬗之理」, 『時務報』, 제41책, 1897. 10. 6.

망명 이후 량치차오는 서구의 국가론과 헌법을 수용하면서 이전의 군주제, 군민공주제, 민주제의 명칭을 전제정체, 입헌정체, 공화정체로 바꾸고 헌정의 시각에서 정치체제를 구분한다. 특히 헌정의 유무로 전제정체와 입헌정체, 공화정체가 구분됨에 따라 전제정체는 군주제에 대한 명칭 변화를 넘어 군주가 헌법에 근거하지 않고 사사로이 천하를 통치하는 부정적인 정체로 인식된다.[17)]

헌정당의 조목을 정체에 관한 량치차오의 시각과 비교해볼 때 몇 가지 주목할 점이 있다. 조목에서는 정체를 진화론에 따라 군주제에서 민주제로 변천해가는 단선적 과정으로 이해하기보다는 국민의 뜻과 공론에 따라 헌법이 정립되고 그에 기반하여 선택될 수 있는 정치적 산물임을 시사하고 있다는 점이다. 조목에서 말하는 군주제 역시 군주가 천하를 사사로이 통치하는 절대군주제가 아니라 헌정에 기초한 입헌군주제를 지칭한다. 즉 조목에서 언급한 정체는 모두 헌법을 기초로 하는 입헌정체 위에서 형성된 군주제, 민주제, 연방제를 의미하며 입헌에 기반하지 않는 군주제는 부정의 대상이라고 할 수 있다.[18)] 조목에서 헌법에 기초해야 한다는 점만을 명시하고 지향하는 정체를 확정하지 않은 것은 헌정당이 다양한 정치적 사상적 입장을 지닌 세력들로 조직되어 구성원 모두가

---

17) 차태근, 「청말 민주/민권, 전세 개념과 정치담론」, 『중국문학』 제75호, 2013. 180쪽 참고.
18) 조목에서 말하는 군주제, 민주제, 연방제는 미래 신중국이 추구할 수 있는 모델인 영국식 입헌군주제, 프랑스식 민주공화제, 미국식 연방제를 지칭하는 것으로 보인다.

동의할 수 있는 포괄적 목표로 입헌을 설정하고, 구체적인 정체는 국내외의 정세와 국민의 자질 그리고 구성원들의 실천에 따른 변화 가능성을 열어두었던 것으로 보인다.

"영명하신 예전 황제께서 시대의 흐름을 통찰하여 각종 논란을 물리치고 권력을 인민에게 돌려준 일"과 '중국근육십년사' 세 번째 통일 시기에 중국의 정체가 대통령제로 진입한 일을 근거로 하면, 미래 신중국은 황제가 평화로운 방법으로 인민에게 권력을 선양하거나 입헌군주제의 과도기를 거친 후 대통령제를 핵심으로 하는 민주공화정을 건설한 시대라고 판단된다. 가오훙(高鴻)은 량치차오가 「입헌법의(立憲法議)」(1901)에서 "민주입헌제는 정책의 변화가 매우 심하고 대통령 선거에서 경쟁이 매우 치열하여 국가의 행복에 간간이 방해가 되지 않은 적이 없다. 군주전제는 조정이 국민을 초개처럼 업신여기고 도적처럼 약탈하여 백성이 조정을 옥리(獄吏)처럼 두려워하고 원수처럼 싫어한다. 그래서 군주입헌제가 가장 뛰어난 정치 체제다."[19]라고 한 말을 근거로, 『신중국미래기』의 대통령제가 무헌('無憲')의 군주제에서 '유헌(有憲)'의 군주입헌제로 전환한 것이며 이점이 헌법을 기초로 하는 새로운 국가형상이라고 주장한다.[20] 그러나 이러한 시각은 이념보다 시세(時勢)를 중시하는 량치차오의 개량주의적 사유방식과 『민보(民報)』와의 논쟁 시기

---

19) 梁啓超,「立憲法議」,『清議報』제81책, 1901. 6. 17.
20) 高鴻,「探尋晚清的"中國夢"-晚清政治小說『新中國未來記』的法律想像和審美價值」,『學海』, 2013.5. 195쪽.

에 보여준 보황파적 입장에서 유추한 해석으로『신중국미래기』의 상상세계에 그대로 적용할 수는 없다.

량치차오가「입헌법의(立憲法議)」에서 말한 세 가지 정체 즉 군주전제, 군주입헌제, 민주입헌제에서 대통령제는 미국식 민주입헌제에 속하는 정체이며 영국식 군주입헌제와는 성격이 다르다. 또 앞서 언급했듯이『신중국미래기』는 미래 신민 양성을 위한 계몽서『신민설』과 동시에 집필하기 시작한 것인데, 당시『신민설』은 군주입헌제를 넘어 민주공화정의 시민이 되기 위한 중국인의 덕목을 제기하고 있으며, 이러한『신민설』의 이념이『신중국미래기』의 상상세계와 연계되어 있다는 점도 주목해야 할 것이다. 이러한 맥락에서 볼 때『신중국미래기』에서 상상된 정치체제는 량치차오에 대한 기존의 평가시각인 입헌군주제나 보황파의 사상틀을 통해서는 그 의미를 제대로 해석하기 어렵다고 생각된다.[21] 이 점은『신중국미래기』의 가장 핵심적인 부분인 제3회의 황커챵(黃克强)과 리취뼁

21) 량치차오가 입헌군주제를 선호하며『민보』와의 논쟁 당시 량치차오가 공화혁명을 부정하고 개명전제론으로 보수화되었다는 평가로 인해 량치차오를 공화정과 거리를 둔 인물로 평가하는 경향이 존재한다. 그러니『신민설』이 공화정의 시민을 양성하기 위한 목표를 지니고 있으며, 또 신해혁명을 통해 공화정이 건설된 후 위안스카이가 황제체제로 복귀하려고 할 때 호국전쟁에 참여하여 공화정을 수호한 일로 본다면, 량치차오의 정치적 경향성을 입헌군주제 안에 한정할 수 없다. 다만 부득이한 경우가 아니라면 파괴적 혁명보다 평화적 개혁을 선호했다는 점이 량치차오를 공화정에 부정적인 인물로 평가한 것이 아닌가 생각된다. 량치차오를 급진과 보수 시이에서 끊임없이 새로운 세계를 추구한 인물로 평가한 저술로 서강, 이주노·김은희 옮김,『양계초: 중화 유신의 빛』, 이끌리오, 2008. 참고.

(李去病)의 개량/혁명 논쟁에 대한 평가 문제와 연계되어 있다.

4. 개량과 혁명

쿵훙다오는 헌정당 강령의 주요 조목을 암송하고 난 후 헌정당이 절체절명의 위기적 상황에서 어떠한 방법을 통해 미래 신중국 건설의 주축이 되었는지 설명한다. 그는 당 창립 초기 중국 구원을 위해 수행한 주요 활동인 당 세력 확장, 국민 교육, 상공업 진흥, 국정 조사, 정무 연습, 의용군 양성, 폭넓은 외교, 법전 편찬 등의 8가지 조목과 그에 관련된 헌정당의 주요 사업성과를 소개하고 나서 헌정당 활동의 역사적 의미에 대해 다음과 같이 회고한다.

옛말에 '뜻을 품은 사람은 결국 일을 이루게 된다.'는 말이 있습니다. 이렇게 볼 때, 한 나라의 대사업이 어찌 정부의 권력을 잡은 몇몇 세력에게만 기대야겠습니까? 자고로 영웅호걸은 모두 자기 힘으로 자기 자리를 얻어낸 것이 아닙니까? 한 나라의 세력과 지위도 전부 그 나라 인민이 스스로 만들어야 가능한 일입니다. 만일 정부나 권력자만 바라보고 있다가 정부와 권력자가 하지 않으려 한다면, 속수무책으로 앉아서 죽음을 기다리는 것과 마찬가지이니, 자포자기하여 인류의 자격을 욕보이는 일이 아니겠습니까?[22]

---

22) 梁啓超, 앞의 책, 25-26쪽.

쿵훙다오는 사람이 살 만하지 못한 세상이었던 중국을 미래 신중국으로 재창조한 공로를 헌정당에 부여하며, 개혁의 볼모지에서 헌정당을 창립한 인물인 황커챵에 관한 이야기를 시작한다. 황커챵은 광둥 출신으로 아버지에게 가학을 전수받았을 뿐 아니라 세계 학문에도 관심이 많았는데, 청일전쟁 후 동학인 리취뼁과 함께 영국 옥스포드대학으로 유학을 가서 황커챵은 정치, 법률, 경제 등의 학문을 공부하고 리취뼁은 과학, 철학 등의 학문을 배운다. 대학 졸업 후 리취뼁은 프랑스 파리대학에 입학하여 공부하고 황커챵은 독일 베를린대학에 입학하여 당시 유행하던 국가학 및 사회주의에 관해 연구한다. 그들은 유럽에서 무술변법과 의화단사건을 겪고 울분을 터뜨렸으며 1902년 유학을 마친 후 유럽 몇 나라를 여행하다가 러시아 상트페테르부르크에서 기차를 타고 귀국한다. 산해관에 도착하여 그 일대가 러시아의 식민지로 변해버린 것을 보며, "지금 중국은 중국인의 중국이 아니라" 제국주의 국가들의 식민지로 분할되었고 외국의 세력권에 사는 중국인들이 그들을 미래의 주인으로 복종하는 현실을 개탄하며, 중국이 이러한 위기에 빠지게 된 원인과 극복 방안에 대한 논쟁을 시작한다.

두 사람은 같은 스승에게서 전통학문을 배우고 함께 유럽으로 유학하여 신학문을 배우는 등 유사한 성장과정을 거치지만 정치사상적 측면에서는 서로 다른 입장을 지닌다. 전체적으로 보면 황커챵은 만주족 정부 하의 입헌군주제를 추구한 개량파의 입장을, 리취뼁은 만주족 정부를 부정하며 민주공화제를 추구한 혁명파의 입장을 대변하고 있다. 그들 사이의 쟁점은 표면적으로 볼 때 개량파와 혁명파의 실제 논리와 일맥상통한다 해도 무방하며, 만주족 왕조, 중국인의 자치능력, 개혁방법, 외국의 중국 분할 등의 문제를 둘러싸고 입장 차이를 드러낸다.

만주족 왕조에 대한 태도는 두 사람의 차이가 극명하게 나타나는 부분이다. 황커창은 현재의 황제가 인자하고 영명하여 개혁의 희망이 될 수 있다고 인식하는데, 이는 현재의 황제가 천하를 사천하(私天下) 하는 전제군주가 아니라 권력을 인민에게 양도하여 입헌국가를 건설하는 개명군주가 될 수 있다는 판단이다. 만주족에 대해서도 중원에 들어온 지 오래되어 한족과 거의 쌍둥이로 변하여 서로 나눌 수 없게 되었을 뿐 아니라 나라의 모든 권리가 평등해져 원한을 가질 필요가 없다고 주장한다. 나아가 전제정치의 문제는 중국에 수천 년간 누적되어온 고질병이라 만주족에게 그 책임을 돌릴 수 없으며 4억 중국인 모두가 각성하여 입헌국가를 건설할 때 비로소 전제정치가 개혁될 수 있다고 생각한다.[23] 이에 반해 리취빙은 청조 관리사회의 부정부패하고 무능한 현실을 볼 때 개혁의 가능성이 없으며, 현재의 황제가 인자하고 영명하더라도 왕조의 실질적 권력을 왕족과 고위 관료들이 가지고 있어서 개명군주의 역할을 기대할 수 없다고 주장한다. 그리고 만주족에 대해서는 민족감정[24]을 앞세우기보다는 "정권이 항상 다수의 손에 있

---

23) 梁啓超, 앞의 책, 61~62쪽.
24) 리취빙의 발언에는 혁명파가 만주족을 비판할 때 의례 등장하는, '揚州十日', '嘉

어야 그 나라가 비로소 안정될 수 있다"는 정치학의 공리를 근거로, 현재의 위기는 소수인 이민족이 자신의 이익을 우선하고 다수 국민에 대한 책임정치를 하지 않은 데서 비롯되기 때문에 다수가 권력을 획득해야 공정한 정치가 가능하다고 인식한다.[25]

이 문제는 중국인의 자치능력 여부에 관한 논쟁으로 이어지는데, 이것이 현실 정치개혁의 주체와 방향 설정을 좌우하는 핵심적 조건으로 작용하기 때문이다. 황커창은 중국인에게 자치능력이 결여되어 프랑스나 미국처럼 자유와 평등을 추구하는 인민주의 시대로 나아갈 수 없으며, 정부의 간섭(보호) 정책하에 장기간 국민의 계몽 교육을 시행하여 자치의 기반을 형성하는 것이 우선이라고 주장한다.

외국의 자치는 모두 권리와 의무의 두 가지 사상에서 발생한 것이기 때문에 자치단체는 국가의 축소판이며 국가는 바로 자치단체의 확대판이다. 국가에도 소속될 수 있고 당연히 자치단체에도 소속될 수 있기 때문에 서양의 국민을 시민이라 부르고 시민을 또한 국민이라 부르는데, 중국도 이렇게 될 수 있겠느냐? 중국의 자치는 아무런 규칙도 없고 정신도 없어서 몇천 년 동안 조금의 진보도 없었으니 정치학상의 소위 유기체와 완전히 반대이구나! 한두 명의 권세 있는 관리와 신사만이 마음대로 자치단체를 유린하고

_____

屠' 등의 한족 몰살사건을 통해 민주족에 대한 복수주의를 고취하는 말이 최대한 절제되어 있다.

25) 梁啓超, 앞의 책, 62~63쪽.

파괴할 수 있으니, 이러한 자치가 어떻게 민권을 낳을 수 있겠느냐? 중국의 자치는 민권과 근본적으로 씨앗이 다르다.[26]

황커챵은 국민의 자치능력이 충분하지 않으면 민권을 거론할 수 없다고 생각하며, 개혁의 주체가 될 애국지사들의 경우도 서구 정치사상의 본래적 의미에 대해 통찰하기보다는 개인 출세를 위한 수단으로 변질시켜 현실의 혼란을 가중시키고 있다고 비판한다. 리취뻥 역시 중국인의 자치능력이 프랑스혁명 시기나 미국독립운동 시기의 시민 역량과 현격한 차이가 있으며, 중국의 전통적인 자치조직은 서구처럼 국가사상과 결합된 단체가 아니라 사익을 추구하는 집단일 뿐이어서, 현재 중국인에게 개혁 추진의 능력이 결여되어 있다는 점을 승인한다. 하지만 중국인에게 자치능력이 결여된 것은 민족 자체에 선천적인 결함이 있어서 그러한 것이 아니라 전제정치를 행한 민적들에 의해 강요된 결과이기 때문에, "몇천 년 동안 덮여 있는 커다란 종을 꺼내기만 하면 모든 사람들이 자유롭게 정치 활동을 하고 몇 년 지나면 숙련될 수 있을 것"[27]이라는 낙관적인 기대를 표한다. 그러나 리취뻥의 기대감 속에는 청조 내부의 개혁 가능성을 부정하고 국민의 자치능력은 불확실한 미래에서나 형성 가능한 상황에서 무엇에 의지하여 현실을 변화시킬 수 있는가, 라는 곤혹감이 내재되어 있다. 리취뻥은 그 출로로 청조의

---

26) 梁啓超, 앞의 책, 80~81쪽.
27) 梁啓超, 앞의 책, 81쪽.

전제정치 밖에서 "모두가 일할 수 있는 곳을 정하여 그곳에서 성실하게 실력을 쌓고, 민적의 굴레에서 벗어나 착실하게 자치제도를 배양하여 조금씩 천천히 확충해나가면, 다른 곳의 사람들도 분명 풍문을 듣고 일어날 겁니다. 이것이 바로 중국을 구하는 유일무이한 방법"[28]이라고 주장한다.

황커챵은 리취삥의 방식대로 청조를 부정하는 혁명이 일어나면 정부는 혁명을 막을 힘이 없어 외국 열강에 토벌을 요청하고, 외국 열강이 중국의 안정을 구실로 계속 주둔하게 되면 중국 전역이 이들에 의해 분할되는 비극을 초래하게 될 것이라고 우려한다. 또 각 성에서 연이어 혁명이 일어나면 성 사이의 이해관계가 일치하지 않아 서로 분열되는 양상이 벌어져 결국 외국 열강이 중국을 분할하는 빌미로 작용할 것이라고 주장한다.[29] 이에 대해 리취삥은 현재의 중국은 표면적으로 주권이 있는 듯하지만 혁명 여부에 상관없이 이미 외국 세력에 분할된 상태이며, 특히 상류층 관리들은 국민의 이익보다 외국의 이익을 위해 복무하는 노예가 되어 분할의 위기를 가중시키고 있다고 비판한다. 그리고 민적과 난민이 파괴의 주체가 되어 혼란에 빠뜨리는 것과 달리, 혁명은 인자한 선비가 일을 맡아 파괴하면서 동시에 건설을 진행해야 하며, "미래의 우리 목적이 공화든 입헌이든 간에 결국은 혁명이론, 혁명사상이 현 중

---

28) 梁啓超, 앞의 책, 83쪽.
29) 梁啓超, 앞의 책, 88~89쪽.

국에서 결핍되어서는 안 된다."[30]고 주장한다.

두 사람은 이러한 문제를 중심으로 총 44차례의 논박을 주고받은 후, "오늘날 우리는 전국의 지사들을 연계시키고 국민을 배양하여 실행할 때가 되면 임기응변을 발휘하여 일해야 한다. 그러나 절대 부득이한 경우가 아니라면 경솔하게 파괴의 길로 나가서는 안 된다."[31]는 황커챵의 말에 대해 리취삥이 동의하며 논쟁을 마무리한다.

여기서 두 사람의 논쟁이 지니고 있는 서사적 의미를 이해하기 위해 그것이 실제 개량파/혁명파 논리의 요약이 아니라 소설이라는 허구적 형식을 통해 이루어지고 있다는 점을 주목할 필요가 있다. 황커챵을 개량파의 대변자로, 리취삥을 혁명파의 대변자로 한정하여 해석한다면 『신중국미래기』는 량치차오를 대변하는 황커챵이 리취삥을 논박한 개량파 텍스트로 읽혀질 수밖에 없다. 그러나 두 사람을 량치차오 내면의 두 가지 경향을 반영하는 긴장관계[32]로 이해한다면 『신중국미래기』는 두 사람의 논쟁을 통해 서로의 입장을 반추하며 새로운 세계를 모색하는 텍스트로 해석될 수 있다. 필자는 두 사람의 논쟁을 이러한 긴장관계로 만드는 소설적 장치가 화자인 쿵훙다오의 서사시각과 본문 속의 주석이라고 생각

---

30) 梁啓超, 앞의 책, 97쪽.

31) 梁啓超, 앞의 책, 98쪽.

32) 황커챵과 리취삥의 관계를 량치차오의 내면적 긴장관계로 해석하는 시각으로 張灝, 『梁啓超與中國思想的過渡(1890~1907)』, 江蘇人民出版社, 1993, 158~159쪽 참고.

한다.

쿵훙다오는 유신이 성공한 미래의 시점에서 과거인 현재를 회고하는 인물로, 중국의 개혁운동을 어느 한 정파만의 힘이 아니라 여러 세력이 연합하여 분투한 이야기로 서사하고 있다. 즉 그의 미래 신중국 서사는 인민의 애국심, 애국지사의 의지, 개명군주의 권력 이양이라는 세 가지 사건을 전제하고 있으며, 입헌운동의 중심으로서 헌정당은 보황파, 혁명파, 비밀결사 등의 각종 단체를 통합하여 건립한 정당으로 가상되어 있다. 또 황커챵과 리취삥 논쟁에 있어서 쿵훙다오는 특정 인물을 옹호하기보다는 화자로서 중립적인 위치를 지키며 그들의 개별적 논리를 최대한 부각시키고 있다. 논쟁은 황커챵의 말에 리취삥이 동의하는 방식으로 마무리되고 있지만 황커챵의 시각은 두 사람의 입장을 절충한 내용[33]이며, 논쟁의 교훈에 대한 쿵훙다오의 평가에서 이점이 더욱 분명하게 드러난다.

오늘날 우리가 그들의 말을 들어보면 무의미하고 진부한 것 같지만, 저자는 진부하다는 말로 무얼 해명하려고 한 것인가? 우리들이 가장 본받아야 할 점이 있습니다. 황 군과 리 군 두 호걸의 우정을 보세요. 그들

_____

33) "절대 부득이한 경우가 아니라면 경솔하게 파괴의 길로 나가서는 안 된다."는 황커챵의 말은, 앞에서 살펴본 헌정당 조목 제3절 "부득이한 때가 아니라면 절대 급진적이고 과격한 수단을 경솔하게 취하지 않는다."는 구절과 상통하는 것이다.

은 같은 성, 같은 부, 같은 현, 같은 리 출신이며 같은 스승 아래서 함께 배우고 함께 유학하여, 정말로 비익조 비목어처럼 이형동체나 마찬가지였습니다. 공적인 일을 논의할 때 의견이 다르면 조금도 양보하려 하지 않았고, 자신이 신뢰한 이념이 머릿속에서 격렬하게 맴돌아도 함부로 내뱉지 않았습니다. 이런 용기는 보통사람이 배울 수 있는 것입니까? 그들은 공직인 일에서 이렇게 논쟁을 벌였지만, 사적인 정에 있어서는 서로 아끼고 사랑하여 의견 때문에 우정이 상한 적이 없습니다. 근래 초등학교 교과서에서 '황리연상(黃李聯床)'이란 말이 나오는데 그들 두 사람의 우정을 아이들이 친구를 대하는 모범으로 삼은 게 아닙니까? 여러분! 여러분이 만일 두 호걸을 존경한다면 바로 이러한 점을 정말로 존중하고 모범으로 삼아야 중국의 미래가 날로 밝아질 것입니다."[34]

쿵훙다오의 연대 중심의 서사시각과 더불어 텍스트의 내면적 긴장관계를 유지하는 장치가 본문 속의 주석이다. 위의 인용문 첫 구절에 보이듯이 『신중국미래기』에는 본문 곳곳에 주석이 달려 있다. 이 주석은 미래의 시점에서 현재를 회고하고 있는 쿵훙다오의 서사를, 현재의 시점에 있는 또 다른 화자가 출현하여 그의 미래 예언에 대해 현재의 입장에서 짤막한 비평과 감상을 드러낸 부분이다. 쿵훙다오가 미래 이상세계의 입장에서 현재를 회고한 것이라

---

34) 梁啓超, 앞의 책, 98~99쪽.

면, 주석은 미래의 환상에 빠지지 않도록 쿵훙다오 회고가 지닌 현실 비판성을 환기시키거나 현재와의 긴장감을 유지시키는 작용을 한다. 가령, "지금 우리 두 사람은 한낱 청년에 불과하여 권력도 없고 용기도 없지만, 우리가 10년 동안 공부한 것은 무슨 일을 하기 위해서였냐? 청년 학생들은 생각해보시오. 몇 마디 영어나 배워 장래 밥그릇 도구로 삼으려 한 것이겠느냐? 강호 명사들을 따라다니며 격양 강개한 입 발린 소리나 하고, 어쩔 수 없다는 말로 논조를 얼버무리려 한 것이겠느냐? 청년 학생들은 생각해보시오."의 주석은, 두 사람의 애국적 신념에 대한 쿵훙다오의 회고를 빌려 학문을 이기적으로 유용하는 현재의 청년 학생들을 경계하는 것이다.

주석의 이런 기능으로 볼 때 황커창과 리췬뺑에 대한 주석이 량치차오의 입장에 한층 근접하다고 해도 무방할 것이다. 그런데 이들에 대한 주석을 살펴보면 선각자인 두 사람의 발언에 '지사들은 들으시오', '청년 학생들은 생각해보시오' 등과 같이 공감을 표하는 것이 대다수이다. 전반적으로 볼 때 황커창의 발언에 우호적인 것은 사실이지만, 혁명에 대한 리췬뺑의 신념에 대해 '여기까지 말하면 어떤 사람이라도 수긍하려 할 텐데, 리 군은 여전히 자신의 입장을 내세우려 한다', '달변이면서 고집 센 사내로다' 등의 주석으로 약간의 우려를 표한 것을 제외하면, '논리가 죽순을 벗기는 것처럼 한 겹을 벗기면 한 겹이 깊어져 나는 정말로 그를 반박할 방법이 없다', '의지가 강한 사람의 말이다', '기세 등등하다', '논의가 한걸음 더 나아가니 갈수록 긴장된다', '관리 여러분, 스스로 가슴에 손을 대고 생각해보십시오. 리취빵이 도대체 왜 여러분들을 욕하고 있는지' 등의 주석처럼 리취빵의 견해를 대체적으로 수용하고 있다.

황커챵과 리취빵에 대한 량치차오의 이러한 내면적 긴장관계는 제4회와 제5회 그리고 미완의 이야기 속으로 이어져 있다.

5. 미완의 이야기

제4회는 논쟁을 마친 후 두 사람이 베이징으로 가려던 예정을 바꾸어 뤼순항, 다롄만 등 러시아 식민지역의 실정을 직접 관찰한 이야기다. 1895년 청일전쟁이 끝난 뒤 약 10년간 러시아는 동아시아 제국주의에서 태풍 같은 존재였다. 러시아는 삼국간섭을 주도하여 일본이 요동반도를 식민화하려는 계획을 포기시키고, 1897년에는 청과의 방어동맹을 기화로 뤼순항을 점령했으며, 1898년에는 동청철도에서 뤼순과 다롄만까지 철로지선(남만주철도)을 러시아가 건설하는 권리를 획득했고, 의화단 사건을 빌미로 10만 대군을 만주에 파견하여 남만주를 자신의 영향권으로 확보하였다.[35]

황커챵과 리취빵은 이렇게 러시아 식민지가 돼버린 뤼순항 일대를 시찰하다가 광둥사람이 운영하는 '광유성(廣裕盛)'이란 가게에 들어가, 주인에게 러시아의 횡포와 부패한 관리사회 그리고 중국인들의 참담한 생활에 관한 이야기를 듣는다. 러시아인들은 온갖

---

35) 이삼성, 『동아시아의 전쟁과 평화』2, 한길사, 2009, 385쪽.

명목으로 세금을 잔혹하게 거둘 뿐만 아니라 무고한 중국인들의 생명과 재산을 약탈하는 일이 빈번하며, 중국인 하위관리들은 러시아에 충성하는 노예가 되어 양민을 학대하고 그들의 생활을 더욱 참담하게 만드는 만행을 저지르고 있다. 두 사람은 논쟁 속에서만 오고갔던 참혹한 현실을 실제로 목도하며 중국 분할의 위기감이 한층 가중된다.

개량/혁명의 논쟁 속에서 볼 때 제4회는 개량파의 논리를 추궁하는 이야기로 읽을 수 있다. 즉 개량파는 청 황제의 개명군주로서의 가능성에 기대하고 있지만 현실에서는 무기력한 모습을 보일 뿐이며, 정부 관리들은 자신의 권력 유지를 위해 러시아의 충복이 됨에 따라, 중국 분할이 혁명에 의해서가 아니라 청조 내부의 무능력과 부정부패에서 근원하고 있기 때문이다. 이와 같은 상황 속에서 개량파의 논리는 "만일 정부나 권력자만 바라보고 있다가 정부와 권력자가 하지 않으려 한다면, 속수무책으로 앉아서 죽음을 기다리는 것과 마찬가지"라는 쿵훙다오의 비판을 피하기 어렵다.

또 두 사람은 체류하던 숙소에서 천멍(陳猛)이라는 인물을 만나는데 그는 후베이 무비학당을 졸업한 후 교사생활을 하다가 관리사회의 부패를 간과할 수 없어 사직하고, 지금은 러시아의 본질과 중국 분할 문제를 조사하기 위해 이곳에 거주하고 있는 애국지사다. 그는 러시아의 세력 확장, 철도부설과 군대 주둔으로 이곳이 러시아의 인도가 되었다고 분개하며 이 모든 것이 전제정치로 인한 정부의 무능에서 비롯된 일이라고 비판한다. 그리고 크롬웰을 도와 영국혁명 대업을 이룬 밀턴과, 이탈리아 비밀당에 입당하여 그리스의 독립을 위해 헌신한 바이런의 시를 애송하며 그들과 같은 혁명가의 삶을 따르고 있다. 두 사람은 천밍과 의기투합하여 러시아의 본질과 중국의 시국에 대해 토론하는데 천밍의 견해는 혁명파의 시각에 가깝다고 할 것이다.

제5회에서 두 사람은 천밍과 헤어진 후 베이징으로 왔다가 상하이에서 중국-러시아의 비밀조약에 대한 저항운동이 일어나고 있다는 소식을 듣고 상하이로 내려간다. 뜻밖에도 황커챵은 상하이에 거주하는 삼촌 천싱난에게서 어머니의 부음과 아버지의 위독을 알리는 전보를 받고 침통해 한다. 중밍이라는 청년이 천밍의 소개로 두 사람을 찾아와 러시아에 항거하는 민의 공회가 장원에서 열린다는 소식을 알려주어 회의에 참여한다. 그러나 공회에 참여한 애국지사들은 성실하지 않을 뿐 아니라 탁상공론만 늘어놓아 실망케 하지만, 정보차이의 연설을 듣고 탄복하여 밤에 다시 만나 시국에 관한 의견을 나눈다. 정보차이는 작금의 시국에서 혁명에 대한 불가피성을 강조하는데 리춰삥의 견해와 유사한 주장이며, 황커챵의 반론을 듣고 혁명에 대한 자신의 맹신을 성찰한다. 다음 날 삼촌과 장원에 가서 매판을 만나게 되는데 그들의 부패한 모습을 보며 중국의 앞날이 한층 근심스러워진다. 저녁에 정보차이가 보내온 편지에 적혀 있는 애국지사들의 이름과 경력을 보고 다음 날 상하이를 떠나 광둥으로 향한다.

제4회가 개량파의 논리를 추궁하는 이야기라면 제5회는 혁명파의 논리를 추궁하는 이야기로 읽을 수 있다. 즉 혁명파는 청조의 전제정치 밖에서 국민의 자치능력과 애국지사에 의지하여 개혁을 추진해야 있는데, 제5회에 등장하는 소위 애국지사들은 파괴하면서 건설을 진행할 수 있는 지혜와 도덕성을 지닌 인물이라고 보기 힘들기 때문이다. 오히려 그들은 혁명의 본래적 의미를 고민하기보다는 입신양명을 위한 수단으로 삼거나 탁상공론만을 할 따름이다. 정보차이와 그가 편지로 소개해준 애국지사들이 혁명을 주도할 주체로 성장할 가능성이 있지만, 그들은 개별적으로 활동하는 상태이기 때문에 조직적으로 연대해야 하고 나아가 국민의 자치능력을 제고하는 다각적인 활동을 수행하려면, 예측할 수 없는 장기간의 고난에 직면할 것으로 보인다.

그러나 『신중국미래기』는 이 장면에 이르러 이야기를 멈춘 채 미래세계로 들어서지 못한다. 즉 두 사람이 광둥으로 가기 전에 경유한 홍콩에서 외국 선원이 중국인을 때리는 것을 보고 분노하는 장면에서 소설이 종결되고, 화자는 '푸른 눈의 외국인이 우리 법률가를 인정하고, 백면서생이 비밀결사에 투신하다.'[36]는 미래의 암시만을 남길 따름이다. 이 남겨진 구절로 이후의 일을 추측하자면, 황커챵은 법률 분야에 종사하며 입헌국가의 기틀을 다지고 리취삥은 혁명 활동에 종사하며 민주공화국을 건설하는 이야기가 이어질 것으로 생각된다. 그리고 두 사람은 직면한 난국을 헤쳐나가며

---

36) 梁啓超, 앞의 책, 172쪽.

서로 경쟁하기도 하고 연대하기도 하면서 미래 신중국을 건설하는 주인공이 될 것으로 상상된다.

『신중국미래기』는 이렇게 5회의 짧은 소설로 끝을 맺는다. 하지만 그 미완의 이야기는 오늘날에 이르기까지 지속되고 있으며 황커창과 리취뼹의 후예들이 문명화된 법치국가 건설의 이야기를 쓰고 있다 해도 무방할 것이다. 그렇다면『신중국미래기』의 개량/혁명, 황커창/리취뼹의 내면적 긴장관계를 통해 량치차오가 현재의 우리에게 던지고 있는 질문이 무엇인지 고민해볼 필요가 있다고 생각된다.

흔히 개량파/혁명파를 지칭하는 말로 입헌파/혁명파, 유신파/혁명파, 입헌개량파/공화혁명파 등의 용어가 쓰이고 있다. 그러나 '입헌이냐 혁명이냐'처럼 입헌의 유무를 기준으로 두 정파를 구별하는 것은 오해를 불러일으키기 십상이다. 두 정파 모두 입헌에 기반한 정치체제를 구상한다는 점에서 동일하며, 다만 입헌의 주체를 만주족 군주와 신사의 혼합 세력으로 구성하느냐 아니면 만주족 왕조를 부정하고 민주 공화세력으로 구성하느냐의 차이가 있을 따름이다. 당시 혁명의 개념은 입헌체제를 초월한 정치혁명을 뜻하는 것이 아니라 만주족 왕조를 전복한다는 의미에서의 종족혁명이라고 할 수 있다.『민보』와 논쟁하며 량치차오가 주장한 개명전제론 역시 입헌을 부정하는 전제군주제로 퇴보한 것이 아니라 입헌을 위한 예비 조건을 개명군주의 힘을 통해 효율적으로 건립하려는 의도에서 비롯된 것이다.[37] 또 신해혁명 이후 위안스카이의 칭제와 장쉰의 복벽을 거치면서 민주 공화혁명의 목소리가 커졌지만 이는 입헌 자체에 대한 부정이 아니라 입헌의 주체가 누구냐에 따라 국가의 수준이 달라진다는 것에 대한 자각이라고 할 수 있다. 즉 입헌이 민주공화국을 보장해주는 것이 아니라 민주 공화세력이 입헌의 주체가 되어야 민주공화국 건설이 가능하다는 정치적 각성의 표출이라고 할 것이다. 입헌을 통해 부강한 국가를 건설하려는 목표는 당시 개혁가들의 공통된 욕망이었다. 『신중국미래기』의 주인공들이 추구한 독립된 자치국가의 꿈은 기본적으로 완성되었다. 이제 남겨진 문제는 부국강병의 수단을 넘어 '권력분립, 권력통제, 기본권보장'이라는 법치 본래의 과제를 실현하는 민주공화국 건설의 목표라고 생각된다. 이점이 바로 량치차오가 미완의 이야기로 남겨둔 이 시대의 미래가 아닐까.

---

37) 개명전제론이 설득력 있는 혁명 논리가 부재한 상황에서 제기된 개혁 논의라는 점에 대해서는 김종윤, 「청말 개명전제론 신석」, 『중국학논총』 제37집, 2012. 참고.